中文系

田恩铭 著

这里留下的是一帧帧走向中文系，走进中文系，走出中文系的青春影像。歌者的身影一直居于其中，有诗歌相伴、慢慢变老，老去的不只是时光，还有难忘的旧梦。

黑龙江美术出版社

图书在版编目（CIP）数据

中文系 / 田恩铭著. -- 哈尔滨 ： 黑龙江美术出版
社， 2020.10
ISBN 978-7-5593-6505-7

Ⅰ. ①中… Ⅱ. ①田… Ⅲ. ①诗集－中国－当代
Ⅳ. ① I227

中国版本图书馆 CIP 数据核字 (2020) 第 180815 号

中文系
ZHONGWEN XI

作　　者　田恩铭
责任编辑　聂元元
出版发行　黑龙江美术出版社
地　　址　哈尔滨市道里区安定街 225 号
邮政编码　150016
网　　址　www.hljmscbs.com
经　　销　全国新华书店
印　　刷　北京艾普海德印刷有限公司
开　　本　880mm×1230mm　1/32
印　　张　9.5
字　　数　104 千字
版　　次　2020 年 10 月第 1 版
印　　次　2020 年 10 月第 1 次印刷
书　　号　ISBN 978-7-5593-6505-7
定　　价　55.00 元

目 录

1

2

3

4

5

序：家园何处

一

这是自己的世界。

午夜，当你坐在书桌前，翻开久违的故事，字里行间的幽香沁入，一切都会就此停留。你的指尖在键盘上点来点去，为这个即将到来的春天布景。或者，偶尔放下书本，打开熟悉或者陌生的空间，顺便拿起水杯，轻轻地喝上一口。天亮以后，又要重新收拾心情，走进人群中，觅食。

　　乡村的小屋，烛光中有人在清唱。你读着憧憬的新世界，远了远了，日暮蛙鸣，还有老黄牛背上无忧无虑的歌声。近了近了，土街上的水洼风干后，与城市的水泥连在一起，组合成蹩脚的景观。最不愿意的是重复自己走过的路，虽然熟悉，却失去了寻找的热情。记忆里总是浮现故乡的土路，路短情长，儿时的玩伴还能从记忆中被捞出来，怀念一番。而旧时月色，也环绕了一层暗淡而温暖的光晕。

　　寻找什么？沿着老人的指引走进时光的深处。

　　红尘如烟更如梦。袅袅炊烟从村庄的四面飘向天际，一点一点地变淡，终被辽远的长空淹没；氤氲美梦从周边的静寂中浸入心扉，一步一步地变远，终为目前的真实取代。

那还是要寻找。尽管梦早已随风而去，可是追梦的情愫还在，人在旅途；尽管烟雨早已成为昨日的风景，可是伊人如水，注视着我的目光。我不能停下来，而是循着午夜的星辰清唱，歌声会飘向一个执着的方向。那里有我的风筝，他在儿时就断了线，却被我从情感上连接起来，一旦放飞越飘越高。

物不是人亦非，早晨的阳光再也找不见车前子的笑容。

拉车捡粪的孩子还在吗？仓房里书箱的诱惑还在吗？

那么多的脸孔被画在地图上，一点一点跃动。最终定格在某个黄昏，回家的路上。

家园何处？叩开柴扉的手又在何处？

二

刚想讲述一个与阳光有关的故事，雨就来了。细雨有节制地飘下来，阵阵寒意凉到心底。此刻已经不再想象撑着油纸伞的场景了。只想从雨中走出来，看看那些沉浸在雨中的行者。"青箬笠，绿蓑衣"是备好的装束，飞来飞去的燕子是布好的远景，"何妨吟啸且徐行"是你的行为艺术。

只有现在，这是你的世界。细雨落在身上，落在心上，淋湿了你的惬意。快跑还是漫步都是不错的选择，从雨中回来，看看窗外，这冷雨还在敲打被滋润的记忆。只是刚开个头，你就想切断那些过滤了的镜头。往事一旦浮出水面，就会燃烧此刻的自己，细雨又不能把他浇灭。

细雨很快就要停了，她的到来只是带给你一次波动，她的离开让你重新回到现场。

接下来能有阳光吧，不要太刺眼，让你躲避不及。

也许，你会再度回到雨中，避难。

三

"欲将沉醉换悲凉"，经过世事的洗练，你最初的激情渐渐消逝，留下的只是能够理清的追忆。这个季节花正开得来劲，而你已经没有了看花的劲头。"乱花渐欲迷人眼"，能不能停下匆匆行进的脚步，站在这里。一条路伴随着两边的树在延伸，一直向前。

什么是理想？与你最近的人已经见出冷漠的眼神，你的疲惫告诉自己不再关注。那么，你要走向何处？从塞北出发，"江南好"，新风景能否消解你的旧情怀？此刻，树叶拍打着书窗，你坐在夜的深处打坐，凝神静气，呼唤神灵的庇护。他来与不来与你有关，只是他的手里，会不会拿着甘露，神奇的树枝如醍醐灌顶，让你醒来后，发现自己焕然一新。

你从西边走来，你向西边走去。自己和自己碰撞之后划清界限。你用手写下一种从内心生出的焦虑，夹在人民币的最里层，汇往没人找到的角落。风不吹，树叶不落，秋天的姿色顿减。于是收手肃立，然后拾起画笔，放进一串数字里，用手写下一种从内心生出的焦虑。

四

有一天，早上醒来，鸟叫声越窗而入。一个梦幻世界的消失，能否带来清新的空气？以下是你写的日记。天气还是不冷不热，吃过早饭，八点整。钟声应时响起，有阳光，不刺眼。到了单位，开门关门开电脑。坐下，接电话；坐下，上网。看风景，笑笑。然后锁门，吃过午饭，梦中度过了一个下午。

你把自己比作一直都在旋转的陀螺，沿着篝火诱人的方向行进。记得某个无风之夜，当你躺下，我们的世界顿时静得可怕。许多人担心梦中的蓝图就要解体，于是你稍加修订，重新围绕所有生灵的家园继续循环。你走来走去，最终会魂归何处？停与不停成为无关者的新课题。

每一个故事的中场，都有人选择成为看客。偶尔，眼神会闪亮一下。这时，不需要思考重新躺在床上还原梦中的镜像。是不是会有暖意在不经意间侵袭了我们的内心？

最后一缕光线游行之后，余晖渐渐散去。沐浴其中的树们迎风抖抖叶子，继续沉默。散步的老人把笑容留给自由奔跑的孩子，晚练的歌声响起，此起彼伏的暮色，终于如约而至。

五

窗外的雪还在飘着，这是新奇的北方。整个冬天，没有雪花漫天飞舞，一切都归于想象。而此刻，如同一头饥渴已久的怪兽发出了不和谐的强音，无休无止的雪来了。诗人们一直在絮叨着雪与北方的话题，是啊，北方怎能没有雪？雪是北方的使者，当它翩翩来临的时候，总是带来清新的气息，让你觉得世界如此纯净。

从小屋里走出来，揉揉睡眼，告诉自己什么呢？雪在窗外飘，一点一点弥漫了我的视线。真想停下来静静看你，看苍老的浮云被卷席而去。漫步在雪中，脚下的土地在银色的花瓣中更改了面容。你无须停下来，而是闲庭信步地走，这时候你才感受到了北方的特质。它把你的心事封存起来，避免寒风的肆虐，避免灰尘的污染，让你在雪中追忆那些无法切断的往事。而当你回到往事，才知道雪是你的媒人，这个媒人是你心灵的守护神。

当此际，雪还在无目的地飘着，落在道路上的已经在和风中消失。他们什么也没带走，却把风中的承诺留了下来。这是瑞雪吧，给蛰伏一冬的思想者以灵感，给期待一冬的耕耘者以希望。

从小就喜欢雪，喜欢有雪的北方。只有雪才能展示北方的魅力，北方又怎能没有雪呢。"山舞银蛇，原驰蜡象"倒是没有见过，而"银装素裹，分外妖娆"却藏在心中。人在天涯之际，北方的雪多了心中的一重依恋。在漫天雪花中体味生命存在的祥和，是一种难以言喻的快乐。

伴着秋日的私语，即将谢幕的精灵们，还会回来的。窗外，昏暗的天空中点缀着几许洁白。

六

你一直在盼望秋天。沿着那道深深浅浅的弧线，播种者用心耕耘。走过的路，难得回首一顾。往事依然为片片诗意所照耀，于是，收拾旧日行囊，捡出关于秋天的回忆。

行走在思想的丛林里，你想停下来。秋

天的背景里，只有你孤独的身影。你犹豫了，前面是什么在等着？一闪一闪的满天星斗都在沉默。广袤的原野下，只有你，一个过客。伸出手，想接到阳光，她躲到哪儿去了？只有在这时，所有欢迎的目光都会避开你。只有屈原和司马迁跨越时空和你对话。你也想离开，可是还想看看你的手里是不是有追求的清梦，就这样，没有对视，也没有言语，只有脚下的路在延伸。

原以为诗人梦就此走远，不经意间"又见炊烟"。一切淡忘的都会沉入记忆，只是需要合适的时机打捞出来。这个秋天又要开始，这个秋天重新播种，在深远的天空画上一个问号，寻找答案。会有答案吗？合上书本又打开书本，最初阅读的激情不再，打开书本又合上书本，还是那些被储藏的老故事。

许多快乐是无法用尘世的规则换取的，自己的笔渐渐枯涩，这份渴望依然存留。记得少年时代发表的第一首诗叫《弧线》，弧线依然在延伸，也许直到你老去。

集一束旧日的阳光，让风为你伴奏，让雪为你旋舞。

时间，开始了。

第一辑

弧 线

北中国的雪冲破花蕾的包围圈
执拗地落在翻滚的冰排上

一个幽灵，躲在某棵树的背后
寻找诗意，寻找冰排与水交融的故事

弧　线

一

雷鸣电闪的夜

风雨奔走相告

孩子降生了

我降生了

世界多了一个生灵

北天多了一道弧线

风雨愈来愈大

声音撞击驻听者

注意这个孩子

注意我

世间多了一份光彩

人间多了一份悲哀

二

弧线若隐若现

如云雾散去

孩子的啼哭，我的啼哭

唤醒了酣睡中生长的一切

于是

孩子睁开眼，我睁开眼

看望醒来的朋友

素不相识的朋友

弧线若隐若现，如歌声响起

如云雾散去

明净的天空

弧线直观地出现在北天

我直观地走在放牛的路上

牛背为家

我在摇篮里静望一片深邃的星河

数不尽的光亮诱惑我的眼睛

想去摘它们，可没有梯子

于是

睡进爷爷的童话里延续夏的梦

北天的弧线这时划过一次

三

年龄蹦蹦跳跳

弧线有些分明

从书包里掏出知识贴在胸口

用心的灵悟感化文字

我走进意识王国做现代臣民

歪斜的脚印洒在乡间小路上

我要坐上牛爬犁到远方

四

后来，又是雷鸣电闪的夜

风雨奔走相告

我到北天寻找那道弧线

寻找灵魂的预示

于是

在缓缓而行的人群中

倾听

弧线

合成的音乐如流水潺潺

往　事

一

你拍着我的肩，告诉我生命里还有一种柔情。

我总是在渴望与你相遇，给你讲那段故事。

我走了很长的路，到你的家门口，为了送你一本纪念册。

站在门前，我喊你的名字，庭院无人，院子里的蔬菜还在生长。

你走出来，一笑。接下我的礼物，回去了。

后来的情节忘了，也许没有情节。

忘了才有想象的空间。忘了的是过程，片段却活起来。

二

你送我的日记本被我写满了诗，就是分行以后自己也读不懂的文字。

你说这只是纪念，纪念装满青春故事的日子。

你用英文告诉我，有一个广阔的世界，让我迈步走出去。我刚一走，你的眼泪就落下来了。

那时候，你还是独身。

三

我们走在街上，你说我是你的弟弟。

课堂上你可不这么说，喜怒根本看不出来，经常让我回答问题。

一张纸条曾经写了对未来的期待，读后我并不知道这是虚幻的影像。

你和我一起迁入另一个园地。

我走了，走得很远，再回来，你已经从梦里醒来。

我总是在渴望与你相遇，给你讲那段故事。

我拍着你的肩，告诉你，长大后我就成了你。

我把自己缩在生日卡上

我把自己缩在生日卡上

给你

十月的仙子飘飞起来

幽幽小径

风铃声渐近渐远

我听着你唱的歌

歌声响起如月涌起，淡淡而深远

我心如潮

在生日卡上留下永久的记号

我把自己缩在生日卡上

给你

对你的思念如潮涌起

二十二岁

挥去青春的跃动吧，挥来

二十二岁，二十二枚青色的果子

悬着记忆里的思念

悬着思念者的忧伤

悬着忧伤时的每一滴泪

凝望，昨日的心野

为我等待的安琪儿

安琪儿眸子还是如水如玉

在风中，伫立的眸子亮过

二十二次，里面

是否有权势的膨胀与金币的光辉

二十二岁，季节雨无休无止

缠绕心胸的游丝一层一层蜕去

蜕去，动作即如父亲躬腰

扶犁一步一步前行

一步一步扯碎了我

扯碎，童年的幻想

谁在哭泣，第二十二支蜡烛点着了

照明父亲苍老的容颜

照明亮过的二十一支蜡烛

心绪转瞬翱翔转瞬停滞

如一片巨大的磨盘

满是刀痕斧痕，满是祖宗创造的文字

愈加模糊愈加清晰

二十二岁，神秘又神秘的幽林

何时有一轮明月升起

一如我现在的心态

二十二只蚂蚁要组成一支乐队

为我奏响，爱之梦

二十二岁，风的港口

将驶入哪一双目光

歌：迷途的马

谛听，迷途的马扬蹄长嘶

躁动的青春海我们一样如此迷途

彷徨间，血液涌动的速度骤然加快

日子鸟般渐渐飞远

企盼，理想之果缀满岁月的枝头

阳光下任我情绪如网

敲打记忆

寻觅依稀前行的背影

月，净洒一片银白

呼唤的女孩伫立远望

眸子如水亦如枪

射出相似的子弹

会击中谁

迷途的马在花丛中四蹄扬起

花瓣如雨

碎落青春的容颜

女孩这时举起手，举起了透明的手

风一掠而过

幽幽空谷，倾听时间的喧响

茵茵碧草抬头翘望

驻守家园，日子漂泊如一叶小舟

独饮独醉

女孩透明的手伸入梦中

撷取佳期

滔滔江水夜夜汹涌

迷途的马顿时鲜亮起来

犹如暗夜的一道白光

嗒嗒蹄声

朝朝暮暮踏响起步的前奏

星如棋子，天空明净如初

迷途的马，踏过的尘土消逝

空谷寂地

馨香于日出日落的迷雾中消散

暮雨潇潇

迷途的马仰天长嘶不息

复沓的意象顺流而下

随过客低吟，悠悠远远

梦：失去或者收获

我梦见一棵树倒下了

我梦见我倒下了

天上没有了太阳和月亮

我把它们带走了

剩下的只有叹息

在独自叹息着

我把太阳捐给了北极

我把月亮埋在了荒冢

人世间真的开始有了诱惑

有了一双双贪婪的眼

我梦见一棵树倒下了

我梦见许多的我倒下了

我看见自己在乡村小道上逃跑

我看见自己在尖刀匕首前喊救命

我倾听着太阳的狂笑

我揣想着月亮的忧郁

我和许多手交谈着昨天

我的激动开始高幅度颤抖

我梦见一排排树倒下了

我梦见我在树间倒下了

树比我高许多呀

树和我都模糊了

我是树吧

树是我再生的姿态

太阳是我的眼睛吧

月亮是我的心

心和眼睛连起来是一支枪

黑洞洞的枪口发出善意的微笑

刀顿时胆怯了

我喊救命的声音渐渐飘远

我梦见一棵树倒下了

我梦见我站了起来

乡村小路弯曲成一条彩绸

彩绸的另一端是我的追求

而太阳和月亮被我抛弃了
我剩下的只有暗夜

我剩下的只有暗夜了
我还要到江边去垂钓

垂钓一轮灿灿的太阳，垂钓
垂钓一弯明明的月亮，垂钓

垂钓，我的心灵，垂钓
垂钓，我的眼睛，垂钓

是什么飘来，从未知的远方
飘来日与夜的曙光

这时，我梦见一棵树站了起来
然后，我莫名其妙地醒来

那时花落

这片绿海掩埋了蠕动的梦想

你躺在灵魂的野地栖息

玉米，生长中拔节的情绪

在微雨中闪闪发亮

忽然记起手中的誓言

乡村暮色被夕阳覆盖

那时花落

你的影子颤动着缓缓离去

偶　然

刀光剑影之中与你相逢

自行车，夜色

一沓诗稿，一杯咖啡

错过了等待的季节

只有，千里马

纵身一跃

陪你逃逸

触电，十几年前

你我远行

暮色苍茫

而后，再也没有

用文字指点江山

一直渴望的那本剑谱

融化于庄子的秋水之内

想象随后的某个瞬间

你会款款走来

惊鸿一瞥

就此成为绚烂的传奇

无主题变奏

在距离的布景中

你找到另一个身影

忽然发觉

拥有一种陌生中的熟悉

变化的心态油然而生

注视自己

在阳光找不到的地方

我只是一个看客

在行走的路上

看你的方向

千万别觉得陌生

旅途遥远

我已有皈依的家园

送你一枚硬币吧

看看运气

指引的晴雨表

他乡月色皎洁

故乡黄花已谢

云卷云舒

一声长叹

你的目光

已经远离了最初的企盼

春　天

这是我的节日，沿着

风吹拂的方向

寻找你留下的住址

解冻的心情被一点一点

融入青春的殿堂

讲台上

一条鱼静静游过

无　题

打量着丛生的绿草

你忽然觉得自己老了

不想说话不想工作不想移动迟钝的脚

如果有一只青蛙跳出来

转念间你就否定了自己的假设

阳光格外耀眼

你踱来踱去

眼光与阳光较量起来

很快就分出胜负

你低下头

继续蜗行

爱　情

漂在水里，爱情拼命地游。

或者，备好一只救生圈，有恃无恐，远远地眺望什么。

孩子折了一朵花。一时失手，竟有风，吹到了不知名的地方。

不要隐去，渗入暗夜的阳光。

爱情老在你的怀里了。

爱情的孩子正在你的怀里出生。

岸

　　我把疲倦的身子俯向你，时钟静止在零点。你仰卧成船的形状，伫立。

　　往事如泪水一滴一滴下落，如羽毛片片下落，下落成风的影子飘过。下落成一只彩蝶飞舞，下落成你美丽的闲愁。

　　我的脑际，你穿纵时光隧道，点燃爱的火焰。

　　曾几何时，一条河横过来，河水咆哮，咆哮的声音震断了我的双桨。水，一汩一汩漫上来，渐渐地淹没我的船舷，我的心绪向远方沉入。

　　你灿烂为一盏珍珠灯，指引我的航向。

八月，你要离开家园

八月，你要离开家园。离开温暖你哺育你的家园。

在秋天的刈麦声中，在一捆捆麦子安然倒地的刹那。

收割机呼号着预报秋天的来临。

八月，你要离开家园。离开是一种回归。

钟声敲响，你又会走了，去走已经走了两年的石板路。

路上会井然有序还是纷乱复杂，无法预料。

阳光明媚，每一阵秋天的歌声都因蝈蝈的鸣叫延伸。

八月，你要离开家园。离开温暖你哺育你的家园。

诠释开始，你把家园作为起点。

从起点到起点，这是生命的历程。

当此际，我想象你手持牙板浅斟低唱。

大地沉寂。梦沉寂。我沉寂。

夜的天空有流星划过。

流星划过，弧线永恒。

你浅斟低唱的声音在月光下流动。

手持酒瓶的我不会在高山流水中迎来一场雪崩吧？

沉醉以后，情感如麦芽发酵。

谁的手温柔如少女的眼睛杀气腾腾，在迷雾中挥动。

你浅斟低唱的声音在月光下流动。

远方有流浪的燕子吗？

也在八月离开，在秋高气爽中展翅高飞。

每一片羽毛，张开，收缩。

这是生命延展的姿态。

燕子一路追风，会落到哪家的屋檐下筑巢？

她顺着电线杆子飞来飞去。

记忆的风铃摇响，一次次摇响。

八月，你将离开家园。

真想得到你的消息，任何一种假设都无济于事。

托梦给你，说你比我的诗辉煌，比八月辉煌，比秋天辉煌。

你每一个步子都可以让我以身犯险。

往事已经结成一张网，千疮百孔的网。

你钻进去了，我钻进去了。

这张网又坚固如初。

在你的心网里还有我的位置吗？

你会为我腾出一块空地，种上花种上粮食，这是生你养你的家园。

如果有我的加入，那就是我们的家园。

刘麦声依然还在，你说过的话已经是秋天的箴言。

请记住，这是八月，寻找的开始。

收割过后就要养精蓄锐，等待一场秋雨的洗礼。

这是一段日子的结束，一场梦的行旅。

你备好行装将离开家园。

如果我过早地离开

一

天涯海角的花儿会铺在我的身上吗？

香烟缭绕，音乐声响起。我在另一个世界倾听你的言说。

真的会有那么一天吧，如果我过早地离开。

二

一束束玫瑰在你手里，在你凝望的眼里。

我仿佛看见了，在一刹那，显灵的风儿吹来吹去。

你可能会为此感到悲伤，眼泪一滴一滴落下来，盛在我不会跳动的心里。

如果这是真的，我还是要努力感知自己的存在，用沉默来呼唤。

上苍会被我感动，下一场生死离别的梧桐雨。

三

我会安静地微笑着，只要你在我的身边，哪怕只有一会儿。

即使催促的钟声敲响，我会安静地微笑着，只要你在我的身边。

四

护伞张开，罩在你的头顶，安然地走路吧。

我会为你祈祷。

去寻找属于你的那块绿荫，那里有鸟语花香，那里生长着青春的故事。

五

我安静地望着你。

如望一片迷人的风景。

如望一个温馨的港湾。

仿佛还走在人间的路上，用世间最痴情的目光和你说话。

让我把生命中最后一抹光辉留在你的身旁。

日月依旧穿梭，每个灵魂仍然生死交替。

直到雷鸣电闪的一天，有条弧线从天边再次升起。

六

如果我过早地离开，读书的时候，请读一段我写的诗篇。

清晨，你会看见草丛中的露珠。

那正是我从天堂降落的甘霖，让诗意从此围绕在你的身边。

歌（节选）

一

我一直在寻找出路。

当我的歌被阻隔在一片阳光之外。没有思想地静坐千年，在成为化石之后的某个夜晚，月光透过云层，从九天缥缈处洒下来。

我的歌。我的歌随着你的梦响起。

如果那时我依然消失，你会从歌声里听到枯竭的生命光焰。

二

爱情一直埋没在你的心里。

没有钥匙，只好盼望有一天你敞开心怀，

我编织的网已经把自己困住。让我解脱吧，
只要你唱出心中的歌。

一次次的寻求被你淡淡的话语折断翅膀，
本来是要飞向一块绿地。你在想什么？乌云
密布，暗夜即将到来。

或者，在你的策划之下，一场大雨会畅
快地淋浇。淋浇我的记忆，还有记忆以外，
你的背影。

三

你的心神也许正在徘徊。

爱情的种子在一次次非正式的约会中发
芽。而你，企图把它藏在月光的后面。

我苦苦搜寻，想象你偷笑的样子。

不要慄惧啊。

你看，心形的月亮升起来了。

夜晚的大地如此透亮。

我们的家就安在月光下吧，永不迁移。

四

我在想象。

有一天，当我离开，墓畔一片荒草。挥
锄铲草的人会是你吗？汗水落在草叶上，被
阳光照亮。

我的灵魂在向你感恩。

五

在车站，爱情疯狂地追逐着我。

我翻飞的头脑中，你复沓而来。

阳光一片一片如羽箭，穿射于我的行旅。
广场上的人们无序地行走，各有各的方向。

车站以老人的威严为我做媒，约定的时
间到了，而你至今没来。

在车站，爱情疯狂地追逐着我。

六

每一季的花开花落，我都为你唱着心中的歌。

花开的时候，我会在花丛中想你的样子。难眠之际，用你的照片取暖。

我采撷一束红山茶给你，用心做花瓶。爱之花蕾啊，一定不会褪色。

七

当清风拂动你的发丝，当细雨滋润你的心田，我就在你的身旁伫立，如同神话中的青铜骑士。

我祈祷的声音，还没有被你听见。

我灵魂的炊烟，还没有被你看见。

快乐无瑕的小天使，驶起爱的航船吧，寻觅风的柔情海的温馨。

相聚是一种盼望。

相依是一种盼望。

当爱的钟声在心底敲响，我渴求星空将月光隐去。

八

倾心于我的人啊，哪一天，才有一片土地围绕在我身旁。我隐居在你的心灵里，遮掩了生命本真的颜色。

日月依然穿梭，而梦却在发涩。此刻的我，需要静候，当我们迎着凄婉的月光数着流动的日子，我知道，暮色沉沉是最后的布景。你会和我一起流落街头吗？朦胧之中，我的生命会垂落在璀璨星光里。

九

我以最虔诚的目光护送寒风离开。不想星星，不想月亮，不想花草，不想绯红的玫瑰。只是，呼唤你，呼唤生命的驿站。

这个夜晚，我渴望月光会捧着你的脸莅临。

这个夜晚，春天格外迷人。除了你，我什么也看不到。

这个夜晚，我静坐在黑暗的中间。

这个夜晚，会由于我的静坐而桃花灿烂。

十

读过我的诗，你也许会把我忘了。我却还在诗中徘徊。

一个清纯的少年不会再现，月光映照着有过你我倒影的水面。

九　歌（节选）

引　诗

睫毛延伸为一片森林。

有美人从眼底幽深处款款而来，带着湘水上五千年的传说。

盼尽芳华，一代又一代，故事的背景都是同样的月色。于是，湘水清兮，美人喜；湘水浊兮，美人泣。

湘水生长着一层层蜕去又再生的别离。

云中君

云神翩跹，所有的古神都望你项背。

跪兮，敬也，在你的博大胸怀下，涌动
如蝼蚁。

划破肌肤，撷一缕发为云，洒一滴泪为雨。

动与不动，决定着晴朗与阴郁。

那些叩动不息的头颅，盼望你敞开心门。

香车宝马，载你飞；香火缭绕，送你归。

云中君，弥漫的灰尘扶风而上，迷了你的眼。

困惑之后，你挥袖乱舞。

歌者还在寻路，五千年的期待注入汨罗
江水。

湘　君

今夜冷风向南。今夜苍梧之野犹寒。

流动的湘水流动着一江泪，玉玦在梦中飘飘高飞。

随水流逝的爱情是无根的蕙草，伤离别兮，唱响不变的哀调。

今夜苍梧之野犹寒。今夜冷风向南。

九嶷山悲声四起。阴魂不散，阳魂日趋灿烂。

今夜冷风向南。今夜苍梧之野犹寒。

倾听杜鹃的啼叫，湘水上千帆竞渡。

今夜苍梧之野犹寒。今夜冷风向南。

湘夫人

你的爱情没有长出白发。

湘夫人，望夫石顽固如初，你的传说散布开来。

夜色渐深，那个人走进你的灵魂深处。

幽幽怨怨，蕙草丛中种植的那份痴心已然淹没湘水。

没有人说起，湘君会唱情歌。

你的梦里，情歌夜夜彻响，湘君的情思夜夜生长。

斑竹枝，斑竹枝。竹枝的一头点燃了期待，另一头，寒意顿生。

爱情点燃了生命的火焰。

大司命

穿透浓密的乌云，幽林荧光闪闪。

大司命拎着岁月的缰绳，要束缚谁，连着他的前程。

沉重的悲哀有如千斤重担。

漂流的思想有如万缕云烟。

骑上如狗的马，穿上如鹑的衣。颠颠簸簸。

大司命，你在谁的背上贴上封条？在谁的颈上挂一口停止的钟表？

没有思念，你的龙车孤独得只剩下两条辙印。

时间的落叶延伸于凋零的花瓣上。

如果需要北方的璎珞，何劳大驾，让你
的随从降临即可。

北方的女儿貌若天仙，天仙培植的玉树
照亮黑暗。

少司命

别舞动腰肢，你的脚下荷叶飘飘。

别吐出气泡，你的心中生命孕育。

莫非我的第一声啼哭流着的是你的泪

水？你第一眼正凝视着我的依偎。

可是，少司命，谁会送给你第一个后辈？

云神为你起舞，映衬芸芸众生的美丽。

星神为你发光，照亮大千世界的黯淡。

既然你掌管着生儿育女，就请拨开迷雾。

代代相传的正是你的口碑。

东　君

你是镜子，旋转任何角度，都能清除污秽的浊水。

吸干，吸干，吸干。时间是你胯下的骏马。

西山晴，你寓居西山；东山晴，你寓居东山。

你脸上的皱纹是人类祈祷的影像。

你的十个兄弟是嫦娥的情夫。嫦娥的丈夫杀了九个，剩下你格外孤独。

你只有高举孤独升升落落。

你昨夜的冷笑，暗示光明被扼住了喉咙。

没有泪水，你的灵魂化作流萤往复地飞

在东西山顶。

　　人类啊，不要惊惧，你还给他们一个依旧灿烂的梦。

山　鬼

巫山神女呦，情人在何方？

折断世上所有的柳枝，依然望不到郎。

青青蕙草缠住你的心，让沧浪之水濯洗
你的爱。

你撕破了又补起，补起又撕破了那段惆怅。

巫山神女呦，爱是一张网。

你是世上最痴情的一条鱼，伤断柔肠。

清清河水映照你起伏的情怀，有人在远
处为你勾勒云海茫茫。

梦就在阁楼，绣帘轻薄，一如你的情思。

阵阵风来，花瓣飞舞，旋动着你美丽的
模样。

礼　魂

没有长亭古道，没有浅斟低唱。

寂寞的院落到处是秋天。而我满面红光，
送你。

闲置案头的几分枯涩，肢解了我的生命。

菊花翘立枝头。眺望窗外的天空，仿佛
倾听传来的乐音。

乐音响起，一滴悲伤凋落。凋落之后，
香风万里。

抑扬之间，空谷幽兰，弥漫着你的气韵。

企盼，芳华长驻吧。

等待魂魄归来，缤纷的花环清亮于墓畔。

雁南飞的流痕上镶着白发和鸿羽。

没有长亭古道，没有浅斟低唱。

我古典的案几上，点缀着寂寞的幽光。

花　絮

一片一片，记忆之叶脉悬在岁月的心网中。

我时常伫立在江边，看人们的表情。

他们从水里出来。

他们向水里走去。

涛涛江水渗入我的影子。

帆

日落了。月出了。

星光下，岸边只有我孤独地行走。

真想手持针线，补帆。

补一片湛蓝的天空。

朦胧的年华

洁白的四方纸

在你疯狂的双手侵略下

化作鹅毛大雪从天而降

就像凉水成冰一样

一颗心凝固了

拾起这些不化的"雪片"

你把它堆在一起

如同一座肃穆的坟墓

里面掩埋的是一段永久的历史

从眼里滴下几滴"雨点"融化雪

你似曾想过

瞬间又让它如闪电一晃而过

我只能木木地站着

毫无表情

就像想象自己若干年后成为雕像

歌

之一

幽幽空谷

我听见了时间的喧响

心在升腾

瞬间落英缤纷

馨香飘散

束束残花

点点星光

我把几度青春

和澎湃的心一起

装入信封

寄向远方

雾弥漫开来

淡淡月辉

蒙蒙烟雨

连着丝丝缕缕

缠缠绵绵的思念……

之二

看看我的眼睛

此刻我透明的心为你祈祷

昨天，日子鸟般渐渐飞远

你理想之果缀满岁月枝头

希望日夜交织着你如网的情绪

交织片片灿烂

斜阳，独坐黄昏

看看我的眼睛

为你祈祷的心震颤不息

盼，你披一抹光彩走来

如仙如神

之后踏碎一片月色离去

岁岁芳草，念你如斯

看看我的眼睛

此刻，我透明的心为你祈祷

我第一次喝咖啡没有放糖

我第一次喝咖啡没有放糖

苦涩中

我把往事回想

一朵朵凋零的花

花瓣正迎风飘荡

我的一双枯瘦的手掌

留下了累累痕伤

花的馨香

风的阻挡

咖啡在心间流淌

股股热流沿着喉咙上漾

往事的甜蜜

正是忘了放的糖

早已如船儿被搁在浅滩上搁在一旁

不能再往里放

即便有甜味啊

也会把我的唇烫伤

咖啡喝完了

迷雾从心中消散

袅袅青烟里的倩影浮到远方

拿起一把匕首

斩断情缘的丝带

划出两个世界的一道永不再合的隔线

隔线

犹如天然烙印刻在彼此的心上

我第一次喝咖啡没有放糖

第一次贵在品尝

纵然找不到方向

未熟的苹果难免是酸的

酸之后就会成熟

熟透了就会落在理想的土壤

你的声音

你的声音

孩子般的声音

让我感到清新

感到无比向上的气息

我常常在生活的圈层环顾

企盼抑或寻找

属于自己天空的星群

属于自己的微笑

而我

常常分外苦恼如秋风下落叶纷纷

只有听到你的声音

孩子般的声音

我的灵感迸发如火山

流淌如山泉

于是

我为你的声音配乐

悠悠心曲久久回旋

昨夜星光璀璨

昨夜星光璀璨

银河系为我铺展宽广的道路

你从广寒宫走来

宛若仙子翩翩走来

玉兔的洁白把我照耀

让我注视你的舞蹈

用我的心贴近你

你欲远躲

骤然间

一切故事无可寻找

我伫立叹息

有流星划过夜空

昨夜星光璀璨

献　词

岁月打湿了无数的风景

往事隔帘相望

淡淡如烟

淡淡如烟中

你从谁的目光中绰约而来

叮叮当当的铃声

作你起步的前奏

我开始抬头

透明的玻璃窗

硬币和转动的心打成一片

你于其中行走

望你的都是迥异的目光

分明感觉

你独有的气息

温暖地润泽沃土

于是

奔腾的情感顺流而下

成为一首诗

反复吟诵在记忆的深谷

望　月

月亮没出来的时候

我总是看看天空

想着，在月光下行走的姿态

内心，一片澄净

一旦，月亮升起

照耀我的足迹

看着歪歪斜斜的步履

如此孤独

告诉自己，继续走路

感觉在你的身后

有太阳的心情

断 片

在路上，看见一个朋友

他送给我，一束花

闻着花香

我找到了忘却的梦

多么悠远的往事啊

在人生的一个岔路口

你的目光，告诉我

走路的姿态

执着的眼神

相逢的碎片

一

我们一直行走在一条通向相逢的路上。

看看每一张面孔，岁月的摧残斑斑点点。

不用说话，就知道当年的梦想已经如潮水般退却。

就这样看着你，看着你和孩子对话的表情，自豪也不能掩饰说不出的失落感。

把藏起来的锦囊递给孩子，她会延续我们的脚步吗？

二

举起杯，让我们以孩子的名义聚会。

上下铺的兄弟还是老样子。

肩膀上扛起的都是家庭的期待。

喘气都费劲儿，还喝酒呢？

用歌声下酒，我们不用推心置腹，新模样里装满的还是旧情怀。

尽管喝着喝着，你就逃跑了。

反锁上门，让我们手足无措。

三

你不要直勾勾地看我。

这不是课堂，不是正襟危坐讲述唐诗的时刻。

我要拼命地舞蹈，用无人能够想象的姿态。

我要搭着你的肩合影，虽然这不是必需的选择。

这一群人曾经在一个屋檐下寻找生活的意义。

直到那年夏季，如鸟兽散。

鸟兽的样子很难看吗？不要这样看我。

四

故事刚刚布好景，讲述者准备着应对可能发生意外的种种细节。

你们就要出逃。相遇和别离近在咫尺。

我已经回家睡觉，仿佛一位预言的先知。

果不其然，启动的行程只好作废。

还是坐在这里，我们在地质公园的边上舞蹈。

五

凌晨四点。外面还透着凉意。

离开的人就要启程。

困倦中的送别让我觉得有雾升起。

往事与眼前的图景交织在一起。

留下的期待还在延续。

带走的情怀还在延续。

我们已经不再年轻。

六

恋曲在一九九〇开始。

恋曲在一九九四暂停。

开始的时候，我们茫然失措。

暂停的时候，我们感慨万千。

当我们按下休止符的瞬间，树根还在，
枝丫沿着各自的方向生长。

当我们按下继续键的时刻，阳光还在，
孩子沿着梦想的方向起航。

第二辑

中文系

拾起记忆中的碎片
我们的故事
雕刻在皱纹的深处

一杯酒下肚
熄灭的豪情会鬼鬼祟祟地爬上山坡
与环绕渤海古国的歌声一起
涌向天际

中文系

一盏灯点亮在某个路口

鱼贯而出的群鸟

被中文系的某个男生射落

养在笼子里

吃草吐出的是诗

被李白捡起来

下酒，被杜甫捡起来

巡视

哭泣的骆驼

绕着沙漠

行脚

中文系

从浪漫开始的女生

都会在预先设置的火海中煎熬

熬成一锅粥

粥里的每一粒米

渐渐成熟

宿舍十六双眼睛

从形象到内心无数次考量着

目之所及的女生形象

如同梁山英雄们排座次一样

精心设计了一顿大餐

还没来得及下口

就被出卖在星星并未隐去的黎明

老师的手电筒

捉住而后

成为一个传说

成为一个大大的惊叹号

花开花落的爱情

会沿着最初的起点回落

在大四重新组合

中文系抒情的摇篮

最不抒情的大染缸

口若悬河的某书记

深情地讲述着中文系与体育系的百人大战

唾沫横飞，留给我们

一个宏阔的战争场面

学生会每个成员都成为战斗者

抓住机会展示着权力和欲望

开个罚单或者通个人情

都会渗入阴阳怪气的演讲声中

再配乐朗诵

镜泊湖水一泻千里

飞流而下的

还有伤心的泪水

中文系

一只只蚂蚁还在爬行

从唐诗宋词的意蕴中汲取营养

从鲁迅的眉毛读出力量

从汉字的发音开始悟道

然后，把金斯堡的号叫

放在外国文学的蹩脚格调里

乱弹

一个叫梦禾的诗人善于长跑

在运动场上

5000 米的最后 50 米被超越

于是心理学老师

一遍一遍地分析

心理崩溃的可能性

让他在课堂上再度迷失

中文系不能没有补考

考试只有在期末

才能成为主旋律

逍遥游的孩子们

放下玩具开始冲刺

总是在途中跑的过程中被抛弃

初唐四杰在老师的黑板上闪耀

却在试卷上一片空白

一条烟或者其他

掩盖了最初的无知

随着补考的教室

定格为大学的交响曲音符

中文系

从来不是作家的摇篮

技术化的写作

被海子的麦田淹没

骨头的硬度

飘荡在半空中

女生的妙笔

孕育了一次次恋爱

男生的妙笔

放在笔筒已经生锈

他们走进酒场走进赌场

毕业以后

走进官场

喝过的酒发酵成崭新的阶梯

爬爬爬

变成卡夫卡的甲虫

若干年前的取笑声

与今天早上的大雾一起迷漫

留别大荒地

一

作别你的万木葱茏，往事更加茂盛起来。

过了一个秋天，又到了一个秋天。

一切依旧那么遥远，又那么切近。

岁月啊，就是这样随着春草绿了，随着夏荷开了，随着秋风熟了，随着冬雪白了。

二

叩响心灵之约，你告诉我们要去寻找另一片蔚蓝的天空。

阅读这里的庄稼和书本，你种的麦子就要熟了。我们只是一枚青涩的果子，来不及成熟就被风卷走，落在另一块地里，扎下的依旧是你的根。

三

我们陶醉于镜泊湖的悠悠碧水，说那里装点着我们星星般的渴望。

我们感慨于渤海国的斑驳废墟，说那里连接着盛唐气象的诗歌韵脚。

你带着我们走进地下森林，感受自然原始的呼唤。

四

依旧是昔日的那轮太阳。

依旧是昔日的那片月色。

你会渐渐融入我们的记忆中。

几声孤雁就定格了这个深秋。

大荒地，你的喧嚣，你的静默，都会成为我们远行途中不变的风景。

无 题

走了，也就走了。

只剩下这些伤感零七落八地喧哗着。什么？什么都没有了，时间的马蹄嗒嗒地响过去了。

走的时候，没有向月亮打个报告。

连月光都迟到了。

就像你第一次和我约会。你的脚步真轻，不会有人发现什么。什么都没有了。

远处的小径透出的只有一片幽暗。

荒地的蛙鸣这辈子也作古了。

生活真像一架钢琴，黑白键子那么分明，

那么分明。我的眼前怎么会有黑白混合的迷雾呢?

脚印一个一个留在那儿了,不用数。岁月掩盖之后,你会揭开的。你把昨天淹在咸菜缸里,总有一天我就着菜吃了。吃了一肚子苦水,呕吐三天三夜,吐出的都是碧绿碧绿的感情。

你会激动地瞩望我归去的身影吗?

走了,也就走了。

再遇见只能把眼睛斜向那思念的墙角。

追　寻

一

　　远方的朋友来信说：春风吹起，我这里又是春天了。

　　自己才开始感知到季节的变化。第一个清晨，一场大雾弥漫，弥漫了关于冬的记忆。

　　总有一种心悸在梦里喧闹。归兮，归兮，盼望总是无休止地唠叨着远方的事情。只好过滤一遍心间的背影，计算着疲惫之后的归期。

　　只有风能证明明天的方向。

二

　　行囊依旧空空。

我喜欢这种简单，而自己又经常在琐碎中繁复。

窗外的云是静静的，房子是静止的，只有上面的烟囱不断地向上升腾。难道所有的故事也会静止吗？

我要割断尘缘的丝线。

重新开始。

三

我会一直过着采撷的日子。

没有雨为我滋润前途，没有霜冰封我温暖的肺腑，就像此刻我听到嘀嘀嗒嗒的钟声。只有倾听时间，听往事在谷穗里摇摆。

可它会停下来吗？我或许只能在旋转中生活。

四

昨夜，我托梦给李贺了。

想把他从白玉楼招回来，让他写诗，骑着驴，看黑云压城的风景。但是，蓦然间，他要我陪他云游，看晚唐即将到来的夕阳时分。一阵风吹过，他消失了，我从梦中醒来。

想起苏小小，油壁香车，还有李商隐彩笔下的画像。

五

缪斯的琴声纵然曼妙，春的芳草也是香远益清。我也不过是匆匆过客，你站在那里，可望而不可即。

我的脑海里，有酒香，却埋于深巷；有清泉，却远离荒漠。

还是远远地相望吧，只要心是热的。

相识是一种绚丽。

相知是一种默契。

与一朵花告别

留恋与牵挂连在一起，如同一条逐渐干涸的小河。芳香与诱惑连在一起，生出无休无止的梦。睡睡醒醒，无数次灿烂，又无数次黯淡下来。

你不疲倦，却有些无奈了。

这些人和那些事，把反复煎熬的苦药端上来，劝你服下。你无所适从。焚烧记忆，你只能紧张地闭上双眼，不去思及走过的行程。

美丽的忧伤反转为忧伤时的美丽。你是谁心中的一阵冷风吗？如果只有寒意让你栖息，你只好走向远处。从此，想起你就像想到一场即将降临的火灾，抑或下雨之前的雷声，抑或孤单啼叫的夜莺。

你面壁桃源，对着青草忏悔。你和你曾有的影像融化为流向天际的秋水，遇到寒流就会凝成冰块。

与一朵花告别，你曾经想化作蜜蜂，在花蕊间停留。

幻　想

一

总想把你的美丽装入镜框，放在床头品味。对你说许多废话，挽你的手远游。我会给你讲许多关于我的故事，也延长到一千零一夜。让这些故事感动你，你泪流满面，依偎着我的臂膀。

这是我们自己的世界，一花一草都是我们的卫士。端详你的美丽，就像看苏绣里的山水清音。

仰头面对天空，想找你的星座。伸出手，指向的只有一片空虚。

二

考察你的美丽以后，我开始构筑一个梦。

设想某一次你在荒郊野岭遇到歹徒，我挺身而出，负伤之后，用你的柔情治疗。老掉牙的故事就此闪闪发光。

设想和你打赌，历尽千山万水，如果证明一种真诚，你就和我相约。于是，日日夜夜，过高山如履平地。你也许会剥去所有的冷漠，微笑着告诉我答案。

设想我在梦中醒来，你依稀而遥远。你用翠鸟的声调呼喊我的名字，前所未有的动情。

理解你的美丽以后，我不敢构筑一个梦。

扎根记忆

有蝴蝶落在我蓬乱的发丛

翩翩抖动的翅膀薄如蝉翼

丽日当空，青草覆盖了我的身体

我的身下是潺潺水流，偶尔

有石子跌落，一声脆响

随着涟漪散开旧事

梦的天空雨滴如珠

疯长了那段青春，和青春闪烁的

所有的星星和故事

携手而来的友人早就撑着橘黄小伞远去

碎乱的脚步拍打罗曼斯的竖琴

氤氲上升，诗页上冻结了那个冬天

那个冬天和许多相知一起流动

记忆敲击着我的身体

有蝴蝶落在我蓬乱的发丛

梦：一只白鸟和我

她走来了
好像倾听幽谷绵长复沓的琴声

随后，是鬼的招魂的叫声
一首千古绝响，夜的颂歌

她车转身去，阳光剔透
辉煌在她飘柔的发顶

各种欲望钩心斗角
我目光呆滞，里面充满待燃的火

天空没有土地的梦

站在土地上却可以眺望天空

求

在麦地，请捡起我的骨头

如麦秆的骨头

一根一根坚硬如石，柔韧如膜的骨头

把它埋入糟烂的木头里

腐朽，让我的骨头在腐朽中

使我再生

这时，我重筑的躯体

是一座宫殿

支撑，生存的骨头

一块块，会有夜夜磷光

闪动，会有夜的智慧

闪动，在夜里走路的少女

可要小心啊

我雄性的微笑始终在你身旁

闪动，在你少女的眼睛里闪动

这时，宫殿的四门大开

你看见了我的心怀

我赤面獠牙的佛啊

在莲花丛中

一回回闪耀光辉

碎风景（组诗）

往事如风，那些已经远离的地方还可以再去，可以指点江山，追忆点点滴滴的旧事。你会忽然觉得，本是青涩可笑的镜头变得生动起来。也许能够用文字复现图景的某一部分，唯有时间无法留住青春的足迹。

——题记

1307

等待，喧嚣之后
北岛的《回答》在《命运交响曲》中嘶吼
你不是看客

你的内心雪花飘飘

激昂的男高音回旋着陌生的记忆

大荒地连着我们的小荒地

如果你不追究

1307 只是一个四位数

组成的意义无人知晓

十六只蚂蚁在数字里蜗行

这些姓氏并不重复的孩子们排成队

打量着班级的女生

按照流行的颜值列一个足以流传若干年

的排行榜

当最小的几个兄弟领走了漂亮的倩影

只有老大还在徘徊

他的梦想被排行榜击得粉碎

但是，他不气馁

当然这是后话

1307，第十三排平房的第七个房间

楷子手里的篮球还在运行

他的爱情与辛稼轩同行

红巾翠袖

掩不住寂寞的目光

还有把师姐揽入怀中的老三

不知疲倦地设计人生

老四是我的兄弟

一次陪伴让他的爱情结了果

也许我们只应该拥有爱情

1307，一群沿着生命的分界线散去的男人

他们身体里的荷尔蒙如波涛汹涌

故事的断片散入空气里

绝无诗意

老二优美的舞步

老五颤动的双手

老六迅疾的奔跑

都在毕业的那一刻凝结

1307，让我找到你

叩门而入，从上铺数到下铺

十六个生灵的旧事再度蒸发

我想倒上满满的一杯酒

一杯一杯复一杯地祭奠青春

在举杯畅饮之前

先要倒上一缕怀念

我们的老五早已在梦中归来

1307，一扇门打开了

又重新关上

那些沿着小路行走的书声

渐渐远去

窗外的一场雾霾阻挡了我的视线

你的，我的

碎裂的心情平复如初

渤海古国遗址

向北，从 1307 出发

盛唐的缩影仅剩废墟

斑驳的石灯塔默然伫立

他无法言语却告诉我们曾经存在的王国

子民们沉睡地下

碑文也仅仅保存一点历史的余温

我们歌唱着向这里靠拢

越墙而过

在石灯塔前留个影

反复端详二十多年前的自己

梦境破了再生

歌唱的女子会带着孩子来吧

我们走过的道路愈加宽广

路上的野花凋落后

没有再开

就是开了也不见当年的采花人

把梦留在这里我就走了

从此大唐的回响在我的身体生根

站在朱雀大街

总觉得有一条路从渤海通向长安

从长安回到渤海

告别你

我找到了你的故园

盛世的风景依然能够看见

你在我的心里被激活

寻梦

用思念下酒

青春的烈火熊熊燃烧

那时候

李白的醉酒当歌唱彻东北

余音正隐藏在某个角落

旧山河装扮停当

新景点呼之欲出

荒草早已随陋巷消逝得无影无踪

路灯的故事

夜色是约会的绝佳背景

当大巴车从城市归来

大荒地，寂静转而沸腾

熙熙如春

那些等待在路灯下的男儿

不知道会等来什么

他们只是在等

女生如鲫

男生如水

谁也不知道哪片水好

于是

故事会以竞争的方式展开

又悄然落幕

许多年后

只记得小店里的方便面

还有老四的豪爽

或者，我们应该回到那个地方

在路灯下重新漫步

无边丝雨中

此际定格为一帧发黄的老照片

迁　校

不知离别之际的三句半是否还在

老万那半句总是幽默得很

哥儿几个说不出是兴奋还是向往

卡车上的行李整装待发

大荒地

作别时

我们真的无限怅惘

艰苦的劳动后

终于踏上归程

抖抖身上的汗水

老三疲倦地靠在我的肩上

这时候才觉得

回家的渴望加倍生长

住在九楼的兄弟

还记得拎着塑料桶打水吗

还记得夜半从九楼冲到室外的急切吗

还记得走廊对面的女生宿舍吗

有些细节消失了

有些恍如梦境

有些化作一缕轻烟

有些伴随 12 路线车四处飘荡

寻梦，新鲜的空气正在弥漫

我的大学在变动中重建

大荒地育下的种子

播撒后渐露锋芒

老　师

翻到日记的某一页

老师的余唾斑斑点点地留在这里

那个讲到杜甫就流泪的老师

如今已经不记得他的样子

讲稿上密密麻麻的文字

令我为之肃然

漂亮的女老师

述说着婉约词的意味

一首《钗头凤》从故事中被挑选出来

落入试卷

老师望着天花板

告诉我们对待学术要虔诚

那些吐出的精华

常常被我们的喧闹打断

老师让我读诗读小说

《履历》连上《桃花灿烂》

那些读过的文字早就翻篇了

无论《穆斯林的葬礼》还是《白鹿原》

每读一段故事都会让我们浮想联翩

记得李白喜欢唱《昔日重现》

记得王维迷恋《百年孤独》

老师的音容笑貌融入我们的脑海

唱出来的

讲出来的

算是现实版的薪火相传

老师告诉我们发音要准确

一部文学史真的够久远

审美也要身临其境

边城里的翠翠和李后主一样伤感

这些，当然不止这些

大学这口沸腾的锅还在冒泡

偶尔迸出的火花

一如水面的波纹在我们的骨子里扩散

告别一九九八

来到城市的西部

我们迷途在娱乐的海洋

那些散步的过程无须提起

毕业就摆上桌面

收起书本

毕业照上的人群依然一本正经

马上就要散了

包括那些琐碎的旧事

你不说话

看女生在哭

看男生在喝酒

看老万向我的女友担忧照顾我的难度

这一夜我们在教室度过

爱情，青春，还有人生的意义

都在点燃的烛火中

化为灰烬

大水还在蔓延

我们却从学海中游出来

靠岸后

伤别离

夜话还在继续

散场后的寂寞会在相聚的另一个时辰发酵

会让你彻夜不眠

会让你久久回味

接下来

来一个急刹车

新身份不请自来

工作的疲倦难以忍受

洗洗脸上床

告别一九九八

第三辑
文化行旅

躲进幽暗的地下室
寻找一把失落的钥匙

穿过丛林
穿过原野
树叶飘落
祖先的呼吸随之均匀地落下来

思想在我内心生长

近处的花木在冬天抽芽

剥离最初的领地

沉默着，聆听

关于花的诗性解说

躲在夜的暗角

这时候

思想在我内心生长

婉约的小词还没有唱起

爱情的目光

分散后备受煎熬

那种期待很快被风吹远

这时候

思想在我内心生长

流星，划出一道弧线

歪歪斜斜

天空分割成两个板块

断裂后

再也无法黏合

这时候

思想在我内心生长

寒夜，我点燃诗歌取暖

寒夜，我点燃诗歌取暖

污浊的风一直想摧毁

这座语言的圣殿

让我在冰冷中昏睡

诗神的眼睛映照出一条小巷

走进小巷深处

有一种合唱的声音

随我漫步

请合上打开的文本

聆听，燃烧的图景

无风无月

琴师安坐在夜的深处

安坐于山水之外

此刻，我依然站在室内

曲终人尽

夜未央，听众在梦中呓语

我点燃诗歌

火苗蹿起后渐渐熄灭

大地一片岑寂

大雁塔和我

大雁塔和我

在亲近的背后是绝对的疏离

大雁塔向我展示一种沧桑

我能听见他无奈的呼吸

在时间的挤压之下

是否，还有梦想

这是他的问话

我用模糊的目光回答

这是大雁塔的无奈

他不能要求我什么

只能用洞穿时空的耳朵

倾听

还会有人来吗

在我走后

有谁，会招一招手

发出同样的叹息

有谁，会和大雁塔仅仅对视一眼

然后，心领神会地离去

我和大雁塔

在另一个世界共语

星星在昨夜隐没

手捧一束梅花

我要回家，回到最初的起点

夜已经拉下了长长的脸

从正午开始预谋

行刺的背景

看不见，隔着银河

有杀手穿隐身衣而至

隐约有歌声断断续续

敲打着夜的面颊

故事已支离破碎

该来的还行走于路上

星星在昨夜隐没

故　宫

从天安门前就开始找寻你的踪迹

只能说是旧踪迹

皇家的故事早已演完

虽然还有人在台前幕后

辛苦排练

穿行于门槛之间

一个梦接连一个梦

在各种器物之中昙花一现

在观众的心目中

被虚构出来

又随风而去

只剩下或长或短的叹息

接踵而至

宫殿还在

住在里面的妙龄少女

歌唱的

秋天还在

那个秋天皱纹疯狂地生长

住在里面的老太太

吐出的

余唾还在

和诗人一起凝视的燕子

飞过堂前

曾经驻足的老树还在

游人寻找的目光

收缩到屋檐下

德国的钟表

脆得发黄的电报纸

伴着一场淹没京城的大雨

组成了诡异的风景

威武的紫禁城

展示着

紫禁城的威武

闪耀着神性的光芒

还有人

顶礼膜拜后

在雨中

吟啸徐行

大雁塔的夜

沉闷终于在喧嚣中打开了

玄奘的面前

相机忙着摄下与之无关的镜头

舞动的人群

让直立的大雁塔也动了起来

大唐盛世

遥远而切近

走进一家餐馆

喝下一碗豆浆

隔窗看人来人往

乌镇速写

小桥，流波，木房子

人群涌动中阳光扩散

似水年华

定格在这个下午

乌镇忙碌着等待夜深人静

从游客的照片里

挑出几张放大

打江南走过的游子

来看风景

只是

找不到自己的镜像

鲁迅故居

大先生的面容被拥挤的人群

看来看去

凝成的照片里

人来人往

看的

被看的

都只是风景

百草园不再是荒地了

三味书屋不再是书屋了

大先生不再是一个人了

独自拾起小石头

投过矮墙

树欲静而人不止

沈 园

小桥流水冲淡了刻骨相思

只剩下

两首旧日的《钗头凤》

站在我的两边

为游人的雅致添彩

风过耳

谁挂的木牌

在祝福中摇曳

兰 亭

写下的文字早已化为传说

帝王们在题字和模仿中

寻找那场不可复制的雅集

寻找你的身影

烟雨蒙蒙

只有流水还原着

古老的渴望

鹅池前留下一张照片

我就走了

只带走散去的惠风

西　湖

从平静的水面看去

白乐天与苏东坡隔岸相望

他们的眼神里

没有苏小小的忧伤

雷峰塔压倒了

被理顺的情感

顺风而行

往事再度纠缠不清

那一边，太炎先生陪同张苍水

阅读世变中的劫数

展开西泠印社的断简

孤山真的不孤

船只在湖心流动

游客看西湖

看祖先的脚步被水淹没

乘兴后终于尽兴

只有我孤独地来

吃一碗藕纯

把心事卷在硬币里

投入岳庙的一汪残水

从平静的水面看去

西湖就是一个筛子

沙子沉入水底

荷叶与心事一起弥漫

苏曼殊墓遗址

众里寻你

西湖满载你的一钵清泪

终于，这棵树

把寂寞传遍晦暗的角落

行人走过

我来了

伴随曲折的行旅

痴寻旧踪迹

树荫的庇护下

有幸与你相对

你我无言

夕阳正在缓缓移动

兵马俑

并不寂寞的使者们

长在这里

看熙熙攘攘的人群

指手画脚

看他们按动快门

拍摄重新演绎的往事

只能默不作声

换位，让谁站在坑里

以雕塑的姿态

抵挡两千年的孤独

抬眼望

西风残照中的绿罗裙

韶韵已被遮住

豪华落尽，他们

回到夜晚仿佛回到昨天

望江南

在塞北大风的肆虐中渴望柔情

此刻，桃花开开落落

万千枝头，春意盎然

我只能停留在自己的空间里

把与你的距离拉近

夜航船从异域驶来

悄然入梦

满载徐志摩的一船星辉

你要等着我

等我卸下被打湿的春衫

和你同行

成　长（组诗）

　　从走上讲台的那一刻，我就知道此生在劫难逃。从此，一遍一遍地与不同的面孔对立，直到他们在试卷上写上自己的名字。二十年的教书生涯就这样铺展起来，丝毫不会被打断。让这些断片领我回到往昔，重温旧梦而后再度出发。

——题记

走在通往碑林的路上

穿过田野

我和孩子们沿着野草的指引

一路向北

种子已经播下

看脚步在田间起起落落

那时候

并没有把上课的样子定型

青春会在行旅中感受到自然的风韵

流放的诗人留下的文字

刻在石头上

有些往事只能记在心里

我们排好队

从一块石头到另一块石头

看过去

诗句在阅读中熠熠生辉

这些断章在荒野中汇聚

零落成泥

散发出文化的香气

也许我们闻不到

却可以观看

走出来

你们的笑声不断

有人往青年水库扔一颗石子

溅起的

是一个时代的历史余响

班主任

十九年前的九月

有月亮的晚上

看着档案里的每一张面孔

我的身份重新定位

兴凯湖的风还是暖暖的

一群孩子陆续来到我的身边

雨中的军训

掰苞米的兴奋

统统化为记忆的碎片

他们的梦从这里开启

寻人的焦虑

探望的殷勤

还有暗夜中喧腾的歌声

我的梦因他们而变幻

那些远去的风景

在崭新的空间发酵

青春的萌动拉长了我的记忆

后来，我走了

沿着寻梦的足迹

直到他们离开的时候

匆匆赶来

我的梦因你们而延伸

你们的梦不要因我而破碎

当我听到汽笛声响

从此一直徘徊在你们的身影里

图书馆

那座发黄的老房子

坐满了从讲台上奔来的过客

他们犹如硕鼠

拼命地啃噬书本

好在考场上一展拳脚

然后

盼望及第

读累了

他们一起走到室外

谈笑间

把关于知识的讨论进行到底

蹩脚的英文字母专门和我作对

我一遍一遍地重复

她们的样子

却依然爱不起来

没有爱却有亲密的接触

读书是致命的诱惑

阅览室里的同事总是默默地看着我们

这群任人宰割的动物们

究竟谁获得了机会

得志的寻梦去了

失意的继续从课堂扑来

有梦的人

图书馆就是他们温暖的驿站

迁　校

从东部边陲小镇的酒店里出来

裴德峰的影像分外模糊

走回去

莫名的兴奋溢满全身

这样的场景就要终结

一次必需的远行即将开始

搬家的车辆轰轰烈烈

留下的正是四载的日月穿梭

泥泞的校园里

那些浑浊的足迹被记录在书本里

作为缺席者

我只是看见了春暖花开的绚烂

完达山下花依旧在开

黎明湖畔水依旧在流

故事结束后继续演绎

跃动的生命渴望涅槃重生

那就默默耕耘吧

种下的种子需要滋养

梦想要破土而出了

那是二〇〇五年某次晚会的第一句台词

校园的影像

春天的大风吹起来

夏天的蚊子飞起来

我们躲在蚊帐里度日吗

最初的记忆令人悸动不已

假山上绿草丛生

人工湖的荷花喜笑颜开

孩子们奔跑在广场的中央

格桑花开在必经的路旁

操场上走步的人群

换了又换后稳定下来

跳绳的老杨做操的老刘

都是晨曦中一道流动的风景

水边捉鱼的片段

被孩子们记录在案

带着胜利的成果回家

一条鱼在家里度日如年

上课的路上

下课的缝隙

校歌一遍又一遍地刺激耳朵

不经意间吐出熟悉的节拍

这一切还在延续

寻梦的孩子回家了

寻梦的孩子赶来了

读书的面孔不断地变化

昏暗的路灯拍打着你的记忆

让你从丁香花的集结中

体味哲人的沉思

体味春意盎然的内涵

请把我和丁香花并排而立的镜头拍下来

六十年的影像才会激活

我们把它放在校史馆

告慰那些在田地里丈量的先行者

琐　忆

一

站在水库的岸边

看鱼从水里被捞上来

供我们下酒

因为饭店克扣的问题大家吵了起来

店主在呐喊

鱼已经永远沉默

二

碑林放在这里有些不合时宜

就像有些诗人被下放到这里一样

他们的文字刻在碑上

一种悖论就此诞生

那些被称或者自称书法家的人

把伟大的句子用毛笔写一遍

再被刻工刻一遍

文字的形状明晰而模糊

这是我第二次来

第一次来的时候孩子们特别兴奋

一路上唱着歌

文化气象如土路边的野草疯长

这次我只是匆匆看过

兴味索然之后

惊喜地与一幅熟悉的文字合影

三

宿舍楼的墙体斑斑驳驳

与我眼里布满的血丝一起合唱

唱一段青春的挽歌

孩子们的笑脸还在

孩子们的哭泣还在

我的脑海里影影绰绰

知道他们要来，我等着

知道他们要走，我来了

有些故事无法回忆

吃过的鱼已经消失了

装鱼的盘子如今在何处

四

爬上裴德峰之后

寻找我对望过的那个窗口

读书累了，偶然抬头望去

裴德峰郁郁葱葱

上去再下来

记忆缩短了一截

剩下的化作呼出的气体忽隐忽现

五

家门前的菜市场吆喝声贯耳

当我走过，一种消逝的熟悉感涌现出来

盯住每一张脸孔

想久别重逢的场景

302 房间的客人到了

服务员殷勤的样子切断我的记忆

定定神，打开电视

甄嬛已然出家为尼

初上井冈山（组诗）

五龙潭

两片巨大的苍翠撞击着红色的记忆

上上下下的足迹摆布着错落的故事

有些故事的细节

在瀑布的声浪中留下幻觉的影像

尘封后被打开

打开后再尘封

故事的主人公们浮现出来

旋即隐没在丛林的深处

他们没有可供攀登的台阶

不能像我一样循阶而上

那样匆匆

只是留下执着的眼神

默然离去

从你的身边走过

从你的身边迂回

此刻我只想歌唱

收拾存留的记忆碎片

曾经被钉住的梦想

会从泡桐树的枝丫间生长出来

摘下一片叶子投入山涧

倾听风与树叶的私语

你我缄默无言

这里就是一部缀满白花的青春纪念册

小井红军医院遗址

年轻的天使们没有留下名字

那些倒下的背影

镌刻在时光隧道的关键出口

阳光会从暗角里透过来

供后人省思

稻田里炫目的绿色回响

从记忆里发掘出来的竹片

扎在伤口上

那种传遍全身的痛感

我们浑然不觉

你来之后我来了

看你青春的面影栩栩如生

数数认得出认不出的每个字眼

烽火早已消散

消散的

还有刻在竹节上的苦难

这里是梦开始的地方

开始点燃就用生命来告别

没有名字的魂灵传下的故事

以碎片的方式展出

定格后

拨亮我们内心星星点点的光焰

情景剧现场

观众坐在雨中

演员站在雨中

枪炮声不绝如缕

与无数只耳朵对话

长镜头短镜头次第登场

展示着图片背后的生命印记

雨飘忽不定

为别离造势

立在大山的底部

故事的讲述者望眼欲穿

歌声渐起悠扬而悲切

把视线拉回现场

撕扯无可奈何的生别离

故事就要停下

暗夜淹没舞台

忽然想起

昨天是母亲节

挑粮小道

还是有看风景的人

他们与葱翠并肩

向上向上

拄拐的小女子靠近树丛

因疲倦而不说话

周遭的同路者

毫无反应地蠕动蜗行

粮食担在肩上

道路就在身后

仅仅为留下一帧与身份不符的照片

这些穿着军装的男女

数落着炎热的天气

烽烟在三公里以外

粮食在三公里以内

铺排四面的树们

摇曳着伸展臂弯

看我等

大汗淋漓地

遁入凉亭

毛泽东故居印象

敞开的田间小路通向故事开始的地方

黄屋的不远处有一片葱绿通向白屋

断墙上的斑驳在倾听时间

想要寻找手稿的冲动不可遏制

找回来就放在读书石上晒

坐在上面合影的众生

会感受到思想的热度

两棵树面对面地站着

他们的身边时而密密麻麻

一旦紧急疏散的信号发出

人潮迅速退去

他们倍感寂寥

只好与那枚印满故事的银币互相取暖

还有些什么会被记下来

葱绿的深处

远山影影绰绰

客家人迁徙的符号错落有致

离开之际再拍一张与你相关的图景

暮色降临

老故事随汽笛声一晃而过

第四辑
日落时分

湖边的花开了
湖水清澈

陪你一起绕过运动场
空旷无人
路边的野草和我们共同拥有整个世界

独　语

站在夕阳的背面寻找神的后人

远古的牧歌传来

不绝如缕地缠绕于四周

这是一个没有神的时代

梦想的船颤颤巍巍地沉入海底

绳缆还系在神的腰上

他曾经屹立，如六朝松一般老态龙钟

为了找回他

你会听到不同的声音穿过隧道

进入墓室，进入历史中的某个时段

显微镜下的古代汉语被激活

开始燃烧并熏及众生

膜拜者，请你醒来

青天白日下的田野已铺满花环

台 阶

一级一级，沿着

指定的方向迈入门槛

你知道，上当了

落入圈套

往外爬，往外爬

一级一级

有笑脸相迎

你被搀扶着体验快乐

往外看，往里看

都有一片风景

展示着近距离的诱惑

停下或者逃脱

你想抗拒，又怕

被送到冰冷的地窖

一级一级，沿着

指定的方向

无法离开

宿命的音响

心灵的宁静被一池春水点燃

慢慢熄灭了

自我的火焰

这是寂寞的午夜

风声鹤唳，一个人行走

这是寂寞的午夜

青草已经熟睡在消融的雪水里

我等待你的到来

你的模样如此模糊

悄悄隐藏在月亮的背后

跟踪我，路上

行人步履匆匆

伴随我的目光消失在楼道里

楼道，是他们的家园

如果传来几声狗叫

是错觉吗

人和狗书写在宗族的系谱里

生长和扩散

你还没有出现

犬吠之后并没有柴门打开

发出邀请

和我一起隐居吧

某个坞堡已经住满了过客

那些期待的眼神正在穿越这个夜晚

他们的快乐洒满街道

钟声准时敲响

一遍一遍呼唤你的名字

回声荡漾而寂寥如故

孟浩然正在回归鹿门的途中

苏东坡正在古寺的门口瞩望

夜正在笼罩一切

试图包围你包围我

包围曾经伫立此地的所有人

英雄也许此刻会降临

让我拥有十八般武艺

或者一个筋斗翻出十万八千里

有个陌生的住所

公孙大娘和辛弃疾正在舞剑

剑气正在笼罩一切

你该出现了

和我一起走吧

悄悄隐藏在月亮背后的那个神

蹑手蹑脚地绕到我的身后

这是寂寞的午夜

填　表

终于按下键盘

按下除草机的开关

被手指淹没了

这个夏天

把自己放在表格里重新认识

那个包在数字里的名字

金玉其外

在许多名字的包围中渐渐衰老

竹杖芒鞋

躲在布满灰尘的角落

绿荫以外

一江春水缓缓流动

此刻

你看着表格发呆

你将一朵花画进去

尔后

等待宣判

静夜思

空白的稿纸延长了某种距离

顺着时间的流程

使者弱不禁风

随之而动

月亮在上

月光在下

从迷雾中滑过的那只白蝴蝶

闪耀于昏暗之中

一只脚踩在悬崖边上

另一只脚

曲径通幽

停在十字路口

遥远的会更遥远，如烟散去

切近的会更切近，如雾起时

我想象自己成为一个小丑

我想象自己成为一个小丑

舞台上的姿态

会让下酒的人如痴如醉

人们放松地观察我

像观察动物园里的灰蜻蜓

时长时短的视线

瞬间就断裂成小贩的叫卖

你不能走

谁也不能走

必须看我

必须看我的表演

看到你疲倦地闭上眼

看到你绝望地垂下头

看到你跪下

求我

停止

这时

一只羊驼从山坡缓缓走来

高速公路穿过我的村庄

我的村庄还在苟延残喘

驻足土路的某个段落

曾经向远处望去

浮想联翩

雪地，除夕夜的脚步声清脆可闻

行者的梦被拉长到下一个年度

闪耀的灯笼

落下又升起

如此轮回

如此轮回

祖父祖母的墓地依偎在庄稼的肩头

高速路以猝不及防的速度撞过来

巨大的伤口

将田地与村庄隔离

玉米拔节的声音被车辆的叫声覆盖

远去的孩子迷惘中叹息不止

外伤痊愈而内伤不止

那口笨拙的洋井

井水曾经蔓延下来

冷却为打滑的游乐场

笑语随身体滚来滚去

衣服湿了

才盼望春风

春风吹起

我的爱情生长在通往水库的路上

一阵急刹车

旧事灰飞烟灭

那个站在村口等我回家的影子

消逝在风中

他的梦里会浮起

麦子的呼唤

我们沿着田间小路一直奔跑

我已是过客

临时休息室空荡无人

庄稼忍受着被分流的苦痛

默然承受孤独

麦场的灰尘归于大地

我绝尘而去

高速公路穿过我的村庄

平安夜

封楼的通知贴在玻璃窗上

这个夜晚必须躲开

迎接一场与你无关的考试

想起长安南郊的某个夜晚

城市的喧嚣终于沿着各种广告的边沿停

下来

人们在这个夜晚狂欢

你坐在人群中

孤独的想法灭了又生生而复灭

爬满青藤的图书馆激发你的想象力

想象月光袭人

青藤上层层叠叠的绿叶

交织于你的半个身影里

这些断想让你更加孤独

烽烟四起中马蹄声响

冷兵器中你最喜欢的是锤

与裴元庆交战与岳云交战都不会落得下风

只是他们都散在历史的灰尘里

没有人为他们写抒情的文字

写悲莫悲兮的落日余晖

收紧北风吹开的棉衣之一角

卷珠帘的清唱还在延续

你为之掬月光一束

装入花瓶

书桌盎然如春

花瓶里的故事顺着月光溢出来

男男女女会为一个童话守护

平安夜的梦平添几分古典的意味

写给一个离开的小精灵

你远行的那个早上

下雪了

雪花

从你的额头落在我的心间

走进课堂

失魂落魄的李清照还在奔波

我的口中念念有词

吐出来的是数个瞬间相加的气泡

那颗一直找不到的纽扣

从你的衣角落下

从纪念册的一页滑过

那是一只从远方飞来的小小萤火虫

落在眼前的夜幕里

这是你的影子吗

火车的轰轰隆隆中那段故事

被你带走

被我带走

大西北的风沙

把我吹回来的那个夜晚

没收到你的邀请

这是一次无准备的相遇

这是一次有预谋的相逢

你守望幸福

我守望幸福

那些飞来飞去的幻觉

搁置在心灵的一角

直到你要去寻找梦境

看你站在风中

看你笑意盈盈

看你在飓风中飘舞

看人流在汽笛的鸣叫中依然故我

看这舞台上

我还在被动地表演着名利场里的起起落落

那个让我系念的小精灵

面带笑容

看我慢慢转身

她拖着疲惫的躯体

走上生命的第三十个台阶后

随风而去

你远行的那个早上

下雪了

雪花

从你的额头落在我的心间

时　光

时光躺在杯子里

与喝下去的水融为一体

你和水融为一体

温度骤降，一部分凝成冰

一部分化作水汽

从你的口中吐出

散入空中

上山记

一束杜鹃花开在宾馆的门口，夜雨
是凄凉的梦呓，凭吊者会在此际
体验苍翠与枯黄的搏斗，那些泥泞的污点，
被清洗后与夜一同酣睡。

记忆的水平面，有人投入一粒石子，
涟漪荡开，晨曦的风清清爽爽。
和你一起散步的人，在山岗上招手。
无法拒绝，夜洗礼后的死火重温。

这是在山上，守护神突然打盹儿，我们

因夜色的掩护匆匆到达，并以猝不及防
的速度，

宣布开幕。竹笋里的初心还在伸展。

把奢望折叠一下，装入满眼翠绿的山谷，

招手示意，杜鹃花诉说那些刚刚演绎的
故事。

采花人会把故事带走，与春天一同绚烂。

三棵树及其他（组诗）

三棵树

垃圾桶与三棵树并立

树上的花儿与垃圾桶内的枯枝并立

我与树并立

我与垃圾桶并立

偶　然

花蕊是黄的

黄的花蕊被花瓣包围

白色的花瓣遮蔽花蕊的芳容

只有，当我的眼睛靠近她

才会嗅出一股幽香

顺着小桥向为我摄影的奶奶扑去

四　月

摘一朵粉红的花儿

读你留下的梦呓

梦被春风吹醒

花儿就落了

落花为春风伴舞

我和你一起远走高飞

风　景

狗与他的主人

游戏正欢

看见路过的我

跑过来邀约

想和他们一起玩耍

想和人以外的动物对话

想起被咬的感觉

打个招呼就迅速逃跑

告　别

操场上的生者叙述关于逝者的信息

这些信息本来静静地躺在舞台上

被挖掘出来

巡回，又巡回

陌生的走步人倾听之后

发问引出更多的话题

加倍珍惜时间，一定是得出的结论之一

这个结论的背后

暗含着苟且的意愿

或者，因为离开

滋生适者生存的论调

迟开的花儿孤独

开花的树孤独

树下走过的人孤独

瞬间离开的镜头与哭泣的面颊

合成一幅画面

当送别的人们散去

无关的人，有关的人

都会和你一起收拾心情

这个春天会想念飞翔的燕子

把关人

必须涂抹得面目全非

才能换来阳光乍现

光线有些刺眼

稿本的文字移动速度加快

喜忧自由切换

镜像自由切换

语境自由切换

主角自由切换

阳光绚烂

才会因涂抹而面目全非

稿本的文字静止之后定格

光线变得暗淡

会读书的月亮

拿出太白的诗笔，用柔和的光晕书写

历史的册页里走来走去的背影

荒漠，只有脚印躺在大地上

顺着你指引的方向，飘舞

孤 独

歌声从心里往外流淌。一朵一朵的旋律，像春天被风吹落的花儿，无序地飞起来，飞起来。

想去捕捉的孩子的心，飞起来，飞起来。

蓦地，花儿不见了，孩子不见了。

那些残留的梦，会在一个寂静的夜里，飞起来，飞起来。

偶　然

夜里，灯下读书。

门开着，顺着灯光，一只大蛐蛐带着许多小虫子爬进来。

它们从椅子腿出发，爬到书本上，爬到窗台上，继续顺着白色的墙行走。

夜已深，它们依旧兴味未减。

要走了，看看这些生灵，给个告别的眼神。

关上门，回家。

早上，打开门。

惊呆了，一地小虫的尸体。

它们无法承受娱乐一夜的煎熬。

那只蛐蛐，还在艰难地爬着。

赶紧拿过笤帚，把它收起来。

放在外面，一阵风吹来，也许它能喘口

气儿。

重新爬入谁的门里。

完整的思绪

一

黄花系在树上，只有这棵树开花了。
其他的，用光秃秃的枝环绕于周围。
我看见这棵开花的树和树上的花儿，
觉得她特别孤独，以至于有些郁闷。
有些梦一旦实现了，便会感到空虚，
心底泛起的波澜换回的是平静之极。

二

眩晕中调整身位，疼痛的感觉
翩翩而至，真的像一只花蝴蝶
落在枝头，看过客们灵魂出窍

麻木地走过来走过去，步履匆匆

风景形同虚设，只剩下臭皮囊

与雪融化的脏水合流后被遗忘

三

还是不理我，不理就不理，我等着，

你总会累了，总会心软，就有机会。

用笑撩拨你，用故意的尖叫惊扰你。

真行，你依然无动于衷，绷紧着脸。

脸上的皱纹卷起春天的风，暖暖的，

阳光会落下来，如果你憋不住笑了。

旅行的途中

一

　　轻轨站。两元钱投进售票窗口，票跳了出来。

　　绕出来的时候，一个母亲，两个孩子，一个纸箱子。和绕来绕去的人们组合成一幅看得见的风景。

　　掏出一元钱，投进去。

　　阳光照不到这个地方，车已经进站。

　　有雾从早晨飘到下午。

二

　　想跟你说句话，只是手机在手里发抖。

一副失宠的样子，让你于心不忍。

转发微信，再转，再有人和你呼应，转出一个圈子。

画好的圈子里，没有风声鹤唳。仿佛高山流水，月光下缓缓移动的嵇康，用文字和符号诉说心境。

龇龇牙，笑一个。或者，故作高深，没表情。

三

站台。旅客下车休息。列车员看看这张面孔，再看看那张。休息的时间到了，面孔一板，还得出发。

请不要下去，这是临时停车。

旅客们呆呆地坐着，想象各种各样的因由。要给特快让路，要给需要让路，让完了，就轮到咱了。

这站晚点，下一站就追回来。

四

盒饭端上来。米饭，咸菜，几块肥肉。二十八元。皱皱眉，吃吧。

坐下来，品尝每个饭粒的滋味。咸菜真的很咸。肥肉不敢吃，老人们说了，这些肉不会是好肉，防人之心不可无啊。

邻座的朋友看着我，问完价就没了下文。

上当了？不会吧。上当就上了，没啥吧。

打开手机，看一个馒头的故事。

五

这是候车室。播音员关于晚点的报道非常仁慈。

还要等三个小时。

对面的女人在睡觉，鞋在地上，脚向天上。如果换个暧昧的环境，也许更好。

脚臭不绝如缕。集体的力量改变环境。

如果这时候我读着唐诗，的确煞风景。

奶　奶

另外一个世界风大吗
把青翠吹过来
从水上缓缓地迁移

裹脚布一层一层地缠上
奶奶坐在炕头
我坐在炕头
看，一个古老传说的定格

神秘的收音机
方方正正地摆在她的身边
唱京剧，唱京剧
奶奶闭目养神

听，一个时代的回音

千里之外
那场与饥饿有关的逃亡
讲了又讲
儿女长大的过程如水上的波纹
散了又聚

奶奶不识字，只是说
言语之间
生了老茧的旧故事闪闪发光
奶奶仍然坐在炕上
直到喊起我的名字
无处告别

另一个世界需要祈祷吗
沿着亲缘的曲线
在梦里闪烁着无穷的念想

梦见母亲

梦还在，人醒了，醒在梦中

时间停在梦中，母亲的样子

和我说话的样子，听我说话的样子

母亲的勇敢已经消退

化作老故事，在追忆中活灵活现

自行车在沙石路上

母亲的愿望沿着沙石路进入城市

这是一座勉强可以称为城市的地方

某位作家说就是乡村的升级版

母亲的孤独与城市连在一起

乡村的玉米，邻居隔着栅栏的叫喊，不见了

至于蝈蝈，以及锄头围绕禾苗的过程

遗忘在水泥路上

沙石路与水泥路之间

隔着一座小城

隔着女拖拉机手与雕像的距离

电话变成语音，母亲小心翼翼地叫我

叫我回家吃饭

或者脱下要洗的衣裳

电话的另一头

我常常说自己很忙

话没说出口便停在嗓子眼儿

母亲，饱受病痛折磨的母亲瘦了

小时候，被后院家的孩子打

我站在栅栏外面的土路骂

母亲会赶来

拿着笤帚疙瘩追我

看我跑进学校附近的柳树趟子

母亲走了

我会继续出来骂

同样的情景会再上演一次

这个春天来得有些晚

母亲盼望天气转暖

去公园和牌友聚会

然后，回家吃饭

日暮时分，躺在床上

听收音机里的故事

回到记忆中的乡村

乡村里与自己相关的图景

母亲很少随我入梦

梦里的母亲是现在的样子

醒来，说过的话都忘了

仅仅剩下一个慈爱的眼神

锐气全无的慈爱的眼神

这样的梦需要多来几回

让我在办公室的椅子上深思一会儿

而后，回过神来

摆脱记忆的影像，投入工作

我的爱人

纸面上读你的名字

特别有趣

发片飘飘

一溜烟地不见了

下五子棋

落子的瞬间狡黠地笑

散发出柚子的味道

写给左左右右的诗

叽叽喳喳的麻雀飘过麦田

麦穗的香味被围困在一个角落

山风习习，刺眼的绿色

照耀着谁的笑窝

别动，一个身影扑过来

等待，一个身影扑过来

向左，向右

有鱼儿从海水里蹦出来

点亮，夜的烛火

床上静静地流淌着

定格的一米阳光

回家吧，蜻蜓已经落在窗前

回家吧，萤火虫飞过星星点点

花儿朵朵在你们的眼帘

歌者：这是你耕耘的土地

一

还是让我们沉默吧，在这样

一个倾听的季节

歌者，你悄悄地转过身去

感受，被定格的形象

在所有的耕耘中，你布置的背景最小

而，在最小的背景下

你把希望放大

因为，你是歌者

你歌唱的声音

被幻化为许多人前进的脚步

你曾经一边播种，一边寻找粮食

金色的麦子，跃动着

你的身躯，你弯着腰

依然歌唱，你不能没有土地

不能淹没在，一片荒芜之中

我能想象到，你在书写音符时的一种茫然

这是你的

也是我们的情绪

在这样的角落里

你注定是沉默的大多数

可是，没有人能够阻止，你的歌唱

时间，是你左手的种子

空间，是你右手的书本

你站在黑土地上的姿态

被定格为黄昏的蛙叫

一声声，在暮色苍茫里回响

就这样，我们的队伍向太阳

太阳，给了我们一份憧憬

在憧憬的背后，也有忧伤

只是，融入了你咸涩的汗水里

被有意地淹没

在漆黑的夜晚，作为烛火

重新点亮

二

我说你是歌者，期待着

你点点头，告诉我

你的故事，可是

我已经看不清你的神情

因为，你不是一个人

你的声音，是多声部的合奏

是在偏隅的角落

如同缓缓的河水，在岁月的打磨下

悄然流淌

你的汗水已经流入稻田

在农人收割的日子里

会看见，机械与笑声组合起来的你的天空

也许，这并不属于你，可是

你已经看见了

日出的辉煌

在裴德峰顶，我遇见了许多老人

他们喘着气，认准脚下的土地

他们仍在歌唱，梳理

时间留给他们的记忆

看着我们匆匆的步履，他们

有些困惑，梦想

切近而遥远，有梦想的人

才会，倾听时间

这是歌者的话，他用匍匐的背影

书写着关于家园的往事

当我走近他们，看看一角皱纹

忽然觉得，手里的粉笔

是如此沉重，花的香气洋溢在四周

种花人，已经，渐去渐远

有谁，正在聆听

你的歌唱

三

没有想到，我会成为歌者中的一员

在你的怀抱里，行走

行走在青春的丛林里

沿着你的足迹，寻找回荡在身边的歌声

城市的灯光闪耀着每个夜晚

属于我们的，只有这个角落

我听见，新的声音伴随你的目光

被传得如此悠远，回家的人

已经背起行囊，远行的人

刚刚出发，跟着歌者的节拍

却不再寂寞

也许城市的节奏会和你同行

而你，正在城市之中

寻找家的感觉

歌者，是我们共同的角色

在得到认证的身份里

这是一个绝美的光环

晴朗的天空，飘着几朵云彩

沿着城市的方向

我们寻找土地

应该给梦想插上翅膀，在飞回的燕子里

认出最为亲近的身影

歌者，请你继续

唱响我们的声音

用默默的耕耘，梳理出又一个彼岸

你的言说，滋润了渴求的眼神

你的书写，带走了播种的心愿

还是让我们沉默吧，在这样

一个歌唱的季节，歌者

你对家园的眷恋

已经点燃了这个春天

歌

一

我想和这个夜晚说话

看你黯淡的样子

一个热吻从棕榈树上掉下来

我的怀抱还没张开

准备迎接的心情

就被砸个正着

脸上的印痕斑斑点点

化作音符跳动

佯装年轻的灵魂请停留一下

如何让你的歌声在收音机的工作中徐徐

流淌

　　沁入心脾，而后猛然如隐藏了寒光的利

刃一把

　　二

　　许多设想冲破河堤固执地前进

　　不给我喘息的机会

　　不让我量量尺寸

　　店铺里的绫罗绸缎依然舒服地躺着

　　渴望被裁剪的想法并不强烈

　　她们等待你的光临

　　旧时光里的舞步荡开你的手掌

　　疯狂的粉丝已经打开微信

　　你的一颦一笑会溅起巨大的火花

　　幸福悄悄蔓延

三

秋风沉寂

荷叶掩不住花苞的深情

黑暗的水面上

流动着夏日的余温

在夜晚

欣赏的目光已经漂移

独自装扮

只能感知水下的热度

四

想和你打个招呼

或者见面之后淡然一笑

这个世界还能感知我们的存在

你的还有我的

旧情怀都卷入那本虚幻的纪念册里

五

雪花飞舞

这是送你离开的清晨

你的泪水在瞬间凝结

吻一下我的额头

化作

一滴凝固的悲伤

随　笔

一

有时挥手道别

有时意外相见

那些要来的时间总是被规划得格外完整

过去后才知道碎片满地

随意捡起来一块

就会从记忆的湖底捞出一些海藻

这种纠缠在一起的样态

或是本真的存在

你曾经的样子无法复现

只能被修饰修饰再修饰

舞台上的大花脸卸妆后

也未必能找到真实的自我

二

一本翻开的书放在凳子上

你坐在另一只凳子上

风从窗外吹进来

纸页簌簌作响

把书合上

放回去

看她

躺着的样子

把自己封闭起来

把自己隔离起来

风依然从窗外吹进来

你和书一起沉思

三

从春天的某个虚构的故事出发

一直在等待秋天

麦子熟了

一捆一捆地垛起来

麦码子隔空相望

蝈蝈失去了驻守的家园

挂在屋檐上的笼子

不一定是他最后的归宿

或者沉入泥土之中

才会找到曾经的伙伴

四

村子的中央有一座井房子

从东边到西边

是父亲与爷爷之间的距离

扁担压在肩上

奶奶糊的灯笼照亮了要走的路

那些与蒲公英一起散开的笑声

会在夜幕降临之后睡去

自行车书包

还有目光里漂移的身影

与水库里的游鱼一起老去

五

客车再次途经故乡

那种心跳加快的感觉失而复来

好像童年的伙伴就在身边

令你张口之后才发觉没有言说的对象

只好冲着绿色的大地发呆

她们都去哪儿了

渐渐地从通往书店的路上找到一个怀揣

梦想的影像

这个人走进书店又出来了

手里捧着一本小人书

捧着从家到学校的归路

六

呼啸的高铁与你一样焦虑

双肩包站着坐下再站起来

下车后坐上出租车到了医院

上楼后就看见你躺在床上

童年的断片躺在床上

你的沉默让我想起那些哭泣的日子

知道爸妈回来带来我的悲伤

谁也不会主动抚摸时间的触角

让一些遥远的变得切近

我们总会被抛得很远，飘回来

才知道河流中有过柔软的温暖

偶　然

哪个闲逛的古人

拾起一颗石子投入水中

荡起涟漪早就沉落下去

水面恢复平静

历史学家要考证投石问路的人

路的长度及涟漪的姿态

还有传播的效果

风的方向

月亮升起来

母亲带着孩子从河边走过

一颗石子投入水中

夜遮蔽了一次考证的机会

燃灯者

擎起一支火把的人

请松开你的手吧

要走的路正和破茧的蛹

一起站直了

雾已经准备撤退

训练了一遍又一遍的口号

被你忘了

和傍晚落在屋檐的燕子

一起停下来

整理行装

从桌上拿起书本

从桌上拿起粉笔

有月光泻在地面上

烟头遍地狼藉

雾还没散

整理行装的人还在犹豫

远方传来哭泣的声音

远方传来欢呼的声音

你急了

侧耳辨别声音的方向

圆周率随小数点后面的数字

一路狂奔

不能再等了

庄稼地蛙声一片

侍弄一天的身影瘦了又瘦了

燃灯者，点亮智慧吧

装睡的人无法接受醍醐灌顶

一场大水

伴奏的音乐要把你的诗冲散

你还在敲击文字

钢琴、手风琴、小提琴

古筝、二胡、琵琶

东边日出

有故事在演绎

西边雨

有故事被淋湿

燃灯者，点亮智慧吧

谁说的

薪尽火传

要醒的人还准备装睡

那些绝望的眼神患了传染病

病房刚刚停电

你的身上还有辉光闪动着

诱人的辉光

送别的队伍很小

你要走得很匆忙

梦是不是一扇半掩的门

梦中人从门里望外

梦中人从门外望里

远远的

还是有一颗流星划过去了

一个传说划过去了

讲故事的

正是燃灯者

与你相遇

下笔之际，句子已然溃不成军

那些预定的灵感如期飞来

不及落笔又迅疾而去

雾起时

你的影子，迎合突然闯入的迷梦

一个秘密计划出炉

毫不知情的人，尚苦苦徘徊

土路、沙石路、石板路

挥鞭的车夫与拉车的马一起狂奔

骑马狂奔之后

闲倚柴门，读沙场点兵的故事

纸页化为灰烬

山雨欲来

蚂蚁群慌忙撤退

线路竟然如此清晰

一直在等待秋天

寻找落叶飘零的镜像

与途中的行者道别

与你相遇

战事的硝烟散尽

你的梦如烟散尽

某个句子跳出来

某个词语跳出来

某个意象患上精神分裂症

为你安上谋杀的罪名

无须请律师

你和被告商量

如何为自己辩护

与古书对话

与古人对话

与歌者对话

与幽灵对话

那个迷梦被北风吹入湖面

你不会游泳，连狗刨都不会

只能站在岸边徒唤奈何

远了远了，荡起的涟漪

远了远了，脑际浮动的念想

于是，拾起书卷

静夜中遥望天空

有缘与你相遇

彼此无言

散步中的背影

会被拍下来

连同风吹起的花瓣落入历史的册页

混乱的十四行诗

仰望，这座城市的触角

伸展之后，停在半空中

飞鸟衔着的树枝落在上面

和你一起入场的生灵陶醉其中

操场上，表演者投入地开始慢动作

慢，继续慢，说话的人群

分开，聚集，直至散场

蚊子正在游戏此生

你盯紧大地上的青草

收拢嗜血的欲望，转身

落花熏退独立其中的一条狗

只能习惯臭味

彼此鄙视，彼此映衬

阳光折断了四分之一的，春天的翅膀

长　句

躲你，躲不开。

躲在落日的阴影里，背诵一首宋词的下阕。

渴望遇见，遍寻不着。

忽左忽右，你与旭日争夺照耀生灵的权利，一场战争启动。

战场上，不见彼此的踪迹。刀光剑影，哪怕一声死亡前的嘶吼也听不见。

沉默。沉默。

写诗的人体验生活的愿望落空，又一次落空，空空如也。

句子沉睡在哪位先哲的遗体里已经发臭。

破土刨棺，挖出来晒晒才能重见天日。

站在曾经站立的位置，纵然物是旧颜。

埋葬太多理想的种子找不到生活的土壤，
找不到浇水的使者，他走出家门后还没有回来。

快回来吧，如此无力的呼唤难以从倒立
的身体发出。

菊花为你唱歌，陶令为你斟酒。

狂啸，长啸。

落日挣脱天空沉入你的体内，沉入时间
的体内，沉入一切抗拒者的体内，余晖闪耀。

寻找丢失的句子

你的眼神落在我的头顶

耀眼的光环从天而降

惊醒。梦里的细节瞬间模糊不清

别说话，都别说话

让我还原灵感袭来的那一刻

默诵的句子走失

贴出的寻句启事

只有自己能看懂

卡夫卡放出的大甲虫爬上脚面

如此亲近的血缘关系

抛向空中

落下来

漠视。他的梦和你不在一个频道

故事并不荒诞

演出者装出目盲的样子

观看者悄悄蒙上眼睛

借助拐杖行路

一棵树上的花儿谢了

一棵树上的花儿开了

落在树上的句子

落在花儿上的句子

过短。这不是属于你的原创

只有你，凝视树

只有你，凝视花

一走神儿，你的句子丢了

岔路口空空荡荡

苦苦的构思被——击溃

寻句启事静静地与墙接吻

彼此依偎，阅读者需要投名状

只要肯有来的，梦就会延续

延续的梦需要灵感乍现

与你在星空下对话

寻找失去的影子

窃听器安装完毕

影子试图消失

被灵感淘洗后的影子

早已移出你的视线

不想与一颗痣为伍

指纹刻在脸上

脸上的月光照着一颗痣

这样的表述有意放大痣的形状

疯狂地生长

无法切除的魅影

若隐若现

这些生灵啊，脱光挂满尊严的内衣

俯首之后弯腰

迎接星星的训斥

用请柬邀请你入其彀中

来或不来，尚能聆听山谷响起的歌声

幕初启时，月光衬出你的光鲜

炫人的光鲜瞬息没于暗夜

发请柬的人

推动你一起鼓掌并用同样的话语欢呼

一次拒绝，往事背道而驰

脸上的月光渐落

水面的月光升起

痣依然还在

看痣的人遁入洪荒之地

江　湖

静观，一只青蛙的表演

水边的生物默不作声

飞来飞去，蜻蜓流着口水宣讲关于她的

传奇

看客，星罗棋布

月亮并不配合，躲在某个角落

怕有血溅到身上

布满血丝的眼睛仍会暴露自己

孩子们跑过来，与青蛙嬉戏

看台的布景被破坏，看客无法压抑愤怒

无法容忍孩子的鲁莽

如何处置孩子，让他回到梦乡

设计预案

继续等待好戏开场

一阵冷风袭来，故事临时中断

蜻蜓忙着躲避，生物们四处奔逃

现场空寂如初，偶尔落叶翻滚着飘走

青蛙怅然复怅然，慢慢转身

滑入水中，独自表演

泪与水融合，黑暗里

碎裂的故事在水面上沉浮未定

日暮听歌

用水卡撬开通往海洋的入口

细语、嘶哑与放纵苟合

跳贴面舞的女郎嫣然一笑

丧失节奏感，败落的花带走香味

雨，落入灰尘

灰尘落入雨的网络无法自拔

讲故事，剪辑自己的故事

片断，片断，还是片断

省略号洒满通向故事的小径

放下水卡，放下杯子

歌声污染空气

需要呼吸，需要屏蔽一切虚妄和杂念

需要呼吸，为大地插上一根塑料管

吸入酸奶的味道

落叶随风飘舞

身体随风飘舞

歌声随风飘舞

你用小小的水卡倾听时间的嘀嘀嗒嗒

慢慢地，俯身与大地对话

挺立，与雨后的黄昏对话

直到长出翅膀，与敞开的世界相互拥抱

漂泊的鱼

游走在心灵的湖

蛋壳的顶部有一个小孔，从里面钻出来

或者，让安居的圣人呼唤

看守墓人缓缓地面对你的诉求

装着白菜的筐，空空

唯有空空，才会让空气肆意狂奔

我不能和你狂奔，生活在空气以外的生灵

害怕六级以上地震突如其来

害怕梦破碎如蛋壳

蛋壳破碎，你的身上溅满蛋黄

把自己涂抹成摇滚歌手的样子

旋律早已炫于脑海

此刻词穷

寻找语言的阐释实在有些艰难

如果继续一意孤行

存在银行的纸币已经不产生利息

你的投资落在水的中央

被路过的鱼吞噬

游在蛋壳里的鱼儿想要喘口气

奋力呼吸

水面平稳

打开的缺口光线过强

不敢睁眼的鱼儿随波逐流

漂泊于黑暗的湖上

钥匙的秘密

把钥匙放在裤兜

穿错裤子的人

翻遍每一个可能的角落

寻找钥匙

一群生灵苦于无路

有些时候，我们主动陷入迷雾

停在遗失梦想的地方

听布谷的叫声

河面上，一掠而过的鸟儿

为找到出发的路口

反复吟咏

发音有些干涩

钥匙静静地躺在

裤子的内部

注意裤子本身的差异

才会知晓

你与远离身体的空间

彼此相望

隔离带来的恐慌未能过夜

意兴阑珊或者兴致勃勃

并不能改变什么

放下钥匙的刹那

遗失的

还有记忆的位置

窥　探

拾起放在暗角的图画

无人路过，把瞬息要变的情绪藏好

纪念币，被挂在甬道展览

摆脱不了肮脏

肮脏的脸孔

偶尔，滑入落花丛中

封面秀

封锁之后，女子的爱情生出胚芽

被电车的铃声掐断

在记忆中，眉间心上

反复回放某个蹩脚的镜头

生命交互的两个人

可以如胶似漆，可以终生不见

空荡荡

桌椅安静，门安静

我站在教室的中央，安静

匆匆，晃动的身影，安静

匆匆，粉笔与黑板相距甚远，安静

涂抹，让蚊子安静

让文字安静，涂抹一种安静的样子

这幅画，发给你

我的寂寞，发给你

诉说的愿望，发给你

我们的对话窒息在时间的长廊中

安静，安静，安静

布谷鸟

和这个夜晚合唱

泥泞的路，行走的月亮

准备好的晚会被大雨彻底淋湿

跨过河沟的时候，落入泥潭

刚刚刷干净，鞋不能自拔

水不流，花开着开着垂下头

和布谷鸟合唱

夜晚的漫步者任性地涂抹春风

暮色中慢慢消失，看许多身影裹入舞台

新　语

飞动的音符在等

一只蚊子与之共舞

停不下来，直到

吸血的欲望一扫而空

暗夜，灯光亮处

有一双寻找解惑的眼睛

答　案

水面的青蛙看见垂钓者，匆匆逃窜

垂钓者一脸惊愕，寻找目标的视线发生

偏离

过路的羡慕钓鱼的，也羡慕青蛙

鱼竿是沟通的媒介，也是制造事故的标识

各自的心事会聚在一起

完全没有并轨的可能性

波纹有秩序地扩散，慢慢抚平

浪消失了，伤口处留下淡淡的痕

夕阳下，感伤的佳人继续陷入某种特定的话语中

等待夜幕降临，用哲人的语录缓解内心的焦虑

日　记

一

雨时停时下，七月的天气难以捉摸。

有些困倦，有些恍惚，要说的话犹如挂在墙上的画儿。看着悦目，用文字怎么也描述不了，勉强写出来，顿觉面目可憎。

小时候，读小说觉得特别有趣，常常向往其中的某个人物，在他的身上插上自己的标签，故事的续集就诞生了。在脑海里，一遍一遍地回放，赶上不寂寞的时候，便被时间埋没。

二

这种被封锁的日子与鸟兽的距离并不远。

远遁或者蜗居，你的，我的空间，把天空包起来。

看看外面的天空，城市的灯光闪烁在湖面之上，灯光与湖面的距离难以猜测。如果选择猜测则会显得无聊。对面的窗子只能看到灯光，好在我们还能看到对面的窗子，窗帘已经拉上，窗帘的后面一定有人，有人就有故事，有故事就有事故。想多了，就会爱上文学，爱上妄想，反不如隔窗遥望。

那会儿的风景模糊却有吸引力。过有吸引力的生活，才是我想要的。想要的，不一定就会有，只要想就是好的。"想"代表一种愿望的延伸，延伸到某个时段，便会落在灯光中，照亮求索的路。

三

面对挫折，不同年龄的人不一样。年轻的时候会有复仇的念想。用阿Q的精神胜利法安慰自己，度过难熬的漫漫长夜。夜半时分走过某个路口，把自己折磨得孤枕难眠，其实，那个真正应该受到惩罚的人安然无恙，他或者在开怀畅饮，只是留下你独行。

人到中年，马齿徒增，悟到要放松自己，只是说得好听，还是会失眠，调整的时间会快一点儿。

即使把那些狰狞的面孔画出来，钉在墙上，也仅仅搅乱了自己的节奏。

唯有立在夕阳下，默默无语。

四

雪拍在脸上，有些痛感。

雪与水融为一体。冰，又来了。

汽车的窗子上被覆盖成白色的羊皮，皮

面并不光滑。想要出发的，还要用银行卡刮雪，刮走冬天的寒意。

图书馆前，小径深处，蕴藏着一段寻索的轨迹，让这些旧日的图景留下来，让这些旧日的图景伴随你前行，让春荷、夏日、秋雨、冬雪铺就的背景与过去依依惜别，这些背景同样会联结通向未来的路。

走的路越来越长，岔路口徘徊的时间在缩短，却不可能完全消失。写一些句子，不要期待什么。烟花巷陌，有佳人歌唱，你仅仅需要聆听，不想一窥其面容。

五

选择时间，还是让时间与你对峙。抽绎出的道理悬挂在山崖边上。

还是沉浸在过去的影像里。读书，写字，乐在其中，少了尘世功名的诱惑。读罢一声舒啸，无人会便无人会。写毕展卷而思，菊花落便菊花落。

秋意渐浓，梦尚有夏日的温度。与一切喧嚣隔绝。

六

与你对峙的时间老去了，失去选择的机会。

破败的场地，地下管道涌出的污水。无法通过的路径，行者需要绕过眼前的狼藉遍地。

寻求他径，别有他径。

七

循着雪的指引，风并未捎信给你。

寄存断片，不让扰乱心智。惊鸿一瞥，已方寸大乱。

自寻的烦恼，还在如泣如诉。将你与烦恼并置，发现美的所在。

善良的人与自己为敌，与自己较量。找好场地，找好武器，装好装备。在滚滚红尘中丢盔卸甲，那些僵化的脸孔会坚硬如干粥。

你的表情如同画在墙上的草，风一掠而过。

你的痛感尚在蔓延。

八

按照时间顺序排列文字，读罢不禁有些愕然。

自由流淌的小河被自己阻断，加上各种元素，河水时而清澈，时而污浊。你不是浑然不觉，甚至有些欣喜，想象中百川汇海的场景特别壮观。

这是一条蜿蜒地寻找大海的小河，一旦归入大海，便只会留在童年的记忆里。

如果还是小河，会与所谓主流格格不入吗？

九

这是一本纪念册，青春期寻梦的纪念册。

读着读着，梦就走了。

读着读着，梦就来了。

句子蹦蹦跳跳，如此有趣。

读出来，再读一遍，兴冲冲地渴望烟消云散。

找到一个阅读空间，思考并通向本真的自我。看见的，看不见的，围绕你的种种火花，瞬间会熄灭，你必须准备好，散场之后的寂寥。

雪地上独行的自己已经远去，来来去去的梦已经远去。

我依旧唱着自己的歌。